U0897041

家住乌当

杨　杰　◎著

图书在版编目（CIP）数据

家住乌当 / 杨杰著 . – 贵阳 : 贵州大学出版社，2023

ISBN 978-7-5691-0832-3

Ⅰ . ①家… Ⅱ . ①杨… Ⅲ . ①散文集－中国－当代 Ⅳ . ① I267

中国国家版本馆 CIP 数据核字 (2024) 第 010100 号

家 住 乌 当
JIA ZHU WUDANG

出 版 人：闵　军
责任编辑：高雪蓉
装帧设计：杨　成

出版发行：贵州大学出版社有限责任公司
地址：贵阳市花溪区贵州大学北校区出版大楼
邮编：550025　电话：0851-88291180
印　　刷：深圳市和谐印刷有限公司
开　　本：889 毫米 ×1194 毫米 1/32
印　　张：9
字　　数：153 千字
版　　次：2023 年 12 月第 1 版
印　　次：2024 年 2 月第 1 次印刷
书　　号：ISBN 978-7-5691-0832-3
定　　价：68.00 元

长诗《家住乌当》组委会

文学指导

李发模　著名诗人、贵州省作家协会原副主席、贵州省诗人协会终身名誉主席

李　裴　著名文化学者，中共贵州省委原副秘书长、政研室原主任

总 策 划

王鸣明　中共乌当区委书记

执行策划

张　薇　贵安新区党群工作和人才服务中心主任，贵安新区党工委组织人事部副部长（兼）

甘　丽　中共乌当区委常委、宣传部部长

史识诗心写乌当

李　裴

“乌当在哪里？”“哪里是乌当？”朋友问我，我问朋友。问题似不复杂，但要妥当回答，却并不简单。2021 年“大雪”时节，一众文友，如白庚胜、叶延滨、王久辛、李发模、安琪……，齐聚乌当，隆重举行“诗意纪实·乡村振兴”之“康养胜境·活力乌当”全国名家采风活动。王鸣明先生笔端抒情，谓此乃“赏心快事、怡情雅事”，“仲冬时节寒意虽浓，文坛盛会却热情涌动”。（详见杨杰主编《活力乌当》，贵州大学出版社，2022，第 267 页）采风是行之有效的一种文学创作形式，诗人们行笔于采风中，“乌当之问”大约总是萦绕于脑际，并往往于深夜叩问主人。

2021 年“大雪”时节的采风，即辛丑牛年冬月名家们在乌当沉浸体验，边走、边看、边听，提笔或敲键写作，取得了一个重要成果——《活力乌当》诗文集，大多精彩之作，行健载物，可观可感，灵动鲜活，妙语解颐，这部诗文集也许可以让更多人知道乌当、了解乌当、走进乌当。李发模老师怎样看乌当？他的言辞是恳切的：“乌当之乌，在天是金乌，即太阳。乌当之当，在地是指人的担当。乌当之名与布依族语‘美好家园’对应，即宜居、宜业、宜游之地。这儿有红的历史，绿的生态，更有汉族、布依族、苗族等33个民族的活力。这是一方康养胜境，有温泉洗心、空气清肺，能活力健身。”（《活力乌当》“序”，第2页）不愧见多识广，功力老到，这段描述含藉着广博的“天、地、人”要素，怎么看都把乌当“立”了起来。

辛丑牛年采风诗文集《活力乌当》里的文字，可称之为是乌当的形象代言，是乌当内在活力的热情喷涌，是充满活力和饱含情感的。白庚胜先生直截了当点赞：“错把乌当当苏杭 / 天上人间。”（《活力乌当》，第4页）王久辛先生则诗句灵动：“那个小碎花连衣裙在蜡染小店里招展/想象着他的她穿上会不会飞起来？/至少，她的欢喜会飞起来/她明眸里面的光，会飞起来/虽然她有点矜持/但她的心儿，一定会飞起来……”(《活力乌当》，第116页）是在说买连衣裙吗？是的。但，更在说乌当靓丽美好的情愫。

史实地、诗意地、综合系统地“描绘抒写”，展现具有文化鲜活性的乌当，把乌当锚定在“文史诗”之中，是辛丑牛年采风作品内容的一个坚实蕴藉和文字表现的一个鲜明特色，更是留给诗人杨杰的一个“大课题”。前两天，收到杨杰微信发来的《家住乌当》长诗稿的电子版，甚喜，掐指一算，诗人杨杰差不多用了两年时间，为了这近5000行串珠成链的诗句，查阅资料，研究史实，实地走访，浸润体验，始终满怀热情和激情，星星月亮，砥砺前行。读着富有张力的句子，领会其整体意蕴，放眼于时代的风采，顿然对杨云龙诗友的“小语（杨杰）是创作大背景、高难度、开风气的长诗先锋。……既体现了工作上的真情实意，又丰富了乌当文旅的内涵，更充实了活力乌当本土教材的文化内容”（本书第270页）的评论，深表赞同。

“乌当”在杨杰的长诗《家住乌当》里，历史根源的线索是清晰的，我们读到“《“水东”千年文化书帖》《新堡“屯”有明朝那些事儿》《水田庋藏的“唐家顶子”及其他》《温泉城念想》《乡愁百宜》《方聪与一座纸浆博物馆的艺术普世》”，文化承续、人文景象历历在目；读到“《偏坡醉美半日阳光》《香纸沟的竹海溪流与碾坊》《枫叶谷那枫叶红》”，感受到乌当地理上的温馨和独具旅游价值的自然景观，恰如“山影争着来陪唱，松涛乐意来伴舞”，人与自然之和谐即在此景此情之中；读到“《山也，坡里小院的读书季》《露营羊昌花海，与轻奢者偶遇》《品王岗，很庖汤》”，满目是烟火乡愁的浓烈，不禁深陷其中，耳边居然是“一把野葱在田埂上漾出笑声”，深藏对这份乡愁的怀念和珍惜，深含乡情情感的丰富、具体和细腻；特别引人注目的是，读到“《黄连村的红色诗签》《李四光之光》《“三线”记忆与信箱里的青春岁月》”，这鲜明的红色记忆，谁能不为之动容！

“乌当”在长诗里，所涉“对象”的内容，如果是一般的“叙述”“记录”“记载”“资料转写”……那一定是味同嚼蜡、索然无趣了。而在诗人杨杰笔下，那些字句“活蹦乱跳”，紧紧联系在一首诗歌的整体表达中，收放自如地在总体形象空间里对其艺术审美进行“拿捏”，用一种诗意审美的状态来呈现“这一个”“作品中的乌当”“艺术想象中的乌当”，却又把想象像风筝的牵线一样牢牢掌握在“生活现实”“时代变幻”之中，以文学思想、哲学思辨支撑起其艺术形象的生动具体和鲜明丰满，给作品灌注了令人读之击节的艺术生命力。

可以说，杨杰长诗里的“乌当”，是“乌当人”安身之所，独属于此地的历史地理，赋予这里的人一种属于此地的文化气质，成其安心之所。因其身所居，心所宁，故此而安魂。这安魂的表现，在当下现实生活看来，似乎可以用“乡愁”二字表述之。于此，可见王鸣明先生“以史厚文”“以文润心”之论述的内涵该是多么深厚，细品“泉城五韵”演绎出天人合一、美美与共的动人乡韵，无不透射出“采菊东篱下，悠然见南山”“开轩面场圃，把酒话桑麻”的浓浓乡愁。而何京先生的叙述，字字敲击着读者的心扉：在乌当乡间的日子，“小住些时日，晨起，院里移步，见山间流岚把眼前的原野笼罩，只有山峰在云雾间若隐若现，居所小屋宛如仙界楼阁，思若缕，接广宇”。写到此，何京先生妙语惊人：“入夜，露台上举目仰望，明月高挂，清辉撒布，村落和田野归于静寂，心与月，同澄澈。”（《活力乌当》，第244页）这种心月同澄的至境，非至人而不能至。

从时代纪实的角度看，长诗《家住乌当》，可归于乡村振兴题材类的创作，贵州作家在这方面的抱团创作对杨杰来说是有益的。历时数年，贵州与此相关的长诗创作颇有成效，足可自豪。比如，

“舍不得乡愁离开胸膛”长诗就有20部，“时代大英雄”长诗也创作出版了20部，“脱贫攻坚”诗集13部，“乡村振兴”诗集也有6部。放眼望，贵州作家仍在努力，他们热情不减，奋力而为。阅读这一系列长诗作品，总的感觉是，历史现实是厚重而富有文化生活气质的。窃以为，至少，对于乡村振兴之文化振兴，是具有积极意义的，事实上已经在潜移默化中产生了文化助推的作用。目前，我们仍然期待着，有更多更好的长诗被创作出来，在这点上，我始终信心满满。

史识根脉，诗心空灵，“实”之如沃壤，“虚”之如鲜花，虚实之间构建了长诗《家住乌当》。这是诗人自身的创作天赋加持，更是诗人的足下功夫和对文献资料的深耕细作，终至于诗句、诗意灿然（杨杰记录，此长诗已经修改13次！）。畅快地大声读一读，“一条河啊，或每一条河/都有太多史事/那是历史的长河//往事是江河在做笔录/见证‘水东’这条没有江水的河流/慢慢流进乌当，写经典无数”；“渔洞峡供着‘水东’肖像/意境是每一滴浪花或每一个涟漪/潋滟成诗一样的火把/点燃夜郎，点燃磅礴乌蒙”；“‘山也’和‘坡里小院’的月光会转弯/有永不枯竭的梦想”；“老乡说从羊皮寨到黄连全是山路/很险。险/才是红军走过的路/敌人望而却步的胆怯/方为红色之道啊”！

这应该是一种文化创造，《家住乌当》提供了一个“诗人视角”，可以让人从源远流长的历史中来认识当下的乌当，进而更好地、更深层次地去理解乌当，并对乌当的未来愿景充满热情洋溢的想象和期冀。《家住乌当》或许能别样地开剥出一个想象而奋进的新的视角和空间，也可能提升一种历史的自信、文化的自信，在回溯赓续历史文脉中，激扬谱写当代华章。展读吟诵《家住乌当》，那些燃烧的句子不难让人体会，在这诗的空间里，对未来充满了坚定的信念和昂扬的信心，主旋律嘹亮高昂、热情饱满，这也正呼应着王鸣明先生所言“黔中风光无限好，且看乌当正芳华”。

目录

序诗

朋友如果疲惫了累了就去乌
当吧推开比明朝更久远的我
海和莲楼南千年前古法造纸
的神秘一喊就复活

小语诗句 甲辰初夏吉日
穰原赵子牧书

太阳挂出的乌当鲜活

朋友，如果疲惫了累了就去乌当吧
推开比明朝更久远的竹海和钟楼
两千年前古法造纸的神秘
一喊就复活

——题记

1

谋写乌当，乌当开始不眠
乌当恐怕一个诗人把她写不美

乌当故事太多
她站于贵阳之东
那是太阳升起的乾坤
亭亭玉立

2

乌当辗转反侧，担心写者过急
当任务。或粗布之糙
或又过于华丽
把乌当写成口号式的赞歌
或流水账

乌当还担忧写者笔尖沾满铜臭
把活力写成呆滞
板着溜须拍马的脸前行
让灵动的灵魂与生息搁浅
或，殁去

3

“乌当”二字为布依话音译
意为“最美之地是太阳升起的地方”

所以，不必问“乌当在何方”
群山指路
“太阳升起的地方就是乌当”

4

乌是金乌的纯色纯净
也正当续写故事
如贵州文化大餐的“水东”不缺席
丝丝扣住守望
于六广河以东的山河
演绎家国六百年
所以，乌当人做人敦实
实得有板有眼

乌当是家，家传久远
家的河流里有厚泽木匾
祖祖辈辈贡成传家宝
“传家宝”八个字

“耕读为本，诗礼传家”

5

乌当是太阳的花园
花朵从明朝一路盛开
荼蘼不败

那些屯兵屯粮之屯
和屯上的石瓦
盖不住岁月斑驳

屯有最美民意
如石匠的凿锋。利
凿石舞蹈出彩虹路径
刚刚好。见证今日乌当
骁勇向前，活力满满

6

乌当把昨天和历史的水分拧干
给风紧了紧衣帽
解读一个朝代怎么姓了“明”

曾经有过的明朝与迭代
繁荣，落魄，灭亡
并以一次次挫败启迪后人
“朝名”即“涨民心潮”
“山潮水潮不如人潮”

那部长长历史的教材上还写着
“水能载舟，亦能覆舟”

7
乌当清晰记得 1935 年的倒春寒
乌当用红遍的群山诉说
1935 年的军民情深

“百宜”是个镇
有百事之顺与百事之宜的祈辞
而 1935 年的倒春寒啊
将红军长征中的“百宜阻击战”凝冻
滋养今人

乌当人就是心灵手巧
将“红”字拆分成幅幅灯谜

以童趣方式嵌入孩童的多彩印记
中国红，乌当红

8
红军战士在乌当高举旗帜
一个铸造血性的胜利信号
插上黄连村
从飙水岩喷出热血

在乡亲和红军亲人谱写的故事中
“腾空堂屋给红军亲人歇歇脚”
家喻户晓

“中共黄连临时支部”的石刻还在
“还我河山”的誓言挺立
偏坡五壮士虽已就义
从容的胜利之旗
以飘飞方式在讲述先驱忠骨
傲立风雪

9
乌当是第四纪冰川的乌当

是地质泰斗李四光的乌当
是一幅写给乌当冰臼家国的中国画

又一个枯水的冬季
我沿无人区雷打岩的冰臼徒步
我见太阳每天手持米杵在冰臼里舂米
声响“口子小、肚腩大、底座平”

乌当的冰臼陪我用文字丈量李四光
在一个叫乐湾的区域亲耕
之后，四年之后向全世界宣告
“中国存在第四纪冰川”

宣言是一千多天的心血深扎
我的文字苍白
无法缄默是什么样的笔墨呢

那是 20 世纪 40 年代的中国
是内战中还未解放的中国
而李四光为何执着于炮火纷飞

当然不仅仅是用英文发表一篇论文那么简单

《贵州高原冰川之残迹》是一部宣言书
满是深刻

所以，我常扪心自问
如果没有家国情怀
今天的新生活会是什么样子

10
乌当珍藏一宝
乌当的“潜望镜”从天空望穿海底
气象与海风走向，风向与民心所向
尽收镜下

潜望镜是我的上海邻居
从大都市上海光学仪器厂迁至于此的
“新光”“新添”“新天”
这些妙趣与名字
刚刚好记录美好时代

如果要给不计得失的邻居们一个定义
或公开的文字表述
“中国自行设计研制的第一台海军潜望镜，

诞生于乌当”

多牛的行业翘楚啊
大音希声
那是一代“三线人”最无声的傲骄
是我无法抹去的儿时记忆

“上海牌”“大白兔奶糖”
“083”“凯山信箱”“新天信箱”
度藏着那台潜望镜的阡陌
阡陌告诉我
再弯来拐去的黑暗终将一目了然
如童年那张躲躲藏藏的糖纸
宿命于光天化日之下

11
故事乌当是一间老屋
度藏一把雨伞红
那是知青遗留的风物
或笔记某年某月某天某个人
顶着响亮口号和背包进驻我家乡

那些散落“上山下乡”的酸辣
与老墙上的口号横幅
在花海里风餐露宿

沉重的舞姿和往事沉淀
与一个时代共勉

是的，一部羊昌半部乌当
一部书的“尾声”有过记录
知青岁月的知青们悄悄离开
知青们不愿意提及的苦难
孽债，或其他

12
乌当与竹为邻，山水为居
栅栏上挂出簸箕画让鸟鸣叽喳

我推门听见的风景
在乡风里挂出黄金梨
披着晨曦

栖居于小而精的诗意是心灵家园

乌当之“宜”如幅幅山峦
与唱歌的河流交织

庖锅汤里的生态肉禽已在翻滚
如泉水煮茶
一点也不浮躁

一年总有晚秋季
只需呼啦一声
“走，去王岗吃庖汤”

13
来乌当就做自由主理人
与业与居与游之“宜”叠加
哪怕就一个小小企业
孵化，培育，也需有根之肥

不舍离开是因为营商环境有氧
如一首诗的根须
与一束束梨花并开

墨香不散的《活力乌当》

云月继续风轻云淡
打开绽放的自己
等

14
枫叶谷真的红了四季
包容，惬意与共生才是史学衍生的薷香

世俗风吹得急
人心姓“仁”

在乌当慢下来解读
过于华丽的辞藻不属于乌当
乌当是把民心民意民情民性举过头顶的乌当
口碑如水田
水丰人润般铸成百姓奖杯

乌当就在一汪水田里耕读
从元妃嫘祖种桑到蔡伦造纸
家家小院深藏“锄金堂”
正是“书中自有黄金屋”之金
裸于锄下

我们选择读一本书
打开比偏坡还要小的村庄
心境搁放山野

山野，山也
思量着手里这部书的灵感
着笔小处，入书大理

15
朋友，如果疲惫了累了就去乌当吧
推开比明朝更久远的竹海和钟楼
两千年前古法造纸的神秘
一喊就复活

于是，我的长诗在香纸上散发本香
溪流的每一次碾压我都会反复掂量
我惦记着枫叶谷的玻璃桥
真实而不空洞

16
艺高之人隐去了乌当
退水而居的画家书家设计家深居于此

创意自我或属己的人生另类

大山传承的生命力与小河清澈
如心被压扁或铺开
如无法解读患难于此的全过程
明心见性

17
纸浆博物馆或碾坊都有主人
主人将耳朵伸入泥土
听见
良知和马蹄

方聪之方或杜鹃之红
与东风的渔洞峡
新堡的庖锅汤
阿栗的杨梅一起熟透

乌当给了不死的艺术一万个活着理由
骨与情怀几何构造
倍增家国味道

乌当把活力铺成一张大大的宣纸
腹稿如一片杏叶自由飘飞
陪我在纸浆博物馆门口驻足猜想
馆的主人可能瘦弱
也可能倔犟无比

18
我用笔墨酿造的乌当很瘦
没有水分的瘦

我动笔写乌当之前
无数次朝拜徐霞客走过的乌当
与云朵和花儿徒步来仙阁

19
我次次走进竹海遇见造纸主人的彪悍
我懂了人生需要力气
否则推不动石碾
背不动竹浆和发酵池

即使瘦成千年石碾的样子
肩上的光也不垮

我赞美一束不卑不亢的光

20
乌当的布依山寨还在赶场
那是民心在开会
你一言我一语造句
将方言经典与传说叠加成百姓口碑

从“唐家大院”手抄来的流芳百世
与“唐家大院”之神秘
是祖孙十代笃行书写“以德为官”的“官经”

“官经”从喧闹走向孤独
孤独不是寂寞
而是与已的狂欢
最后汇成“唐家的顶子”
一碗赞誉

21
民心乌当放飞活力风筝
一语不言
却告诉天下人“乌当在哪里”

乌当在等你
六百八十六平方公里的土地
与三十多万乌当人
神清气爽，乐居晨曦

22
来，我们一起给历史侧侧身吧
上善若水与水利万物而不争的心境
有微光，有乌当
洞见最真实的山水

第一章　推门听山水与灵魂一步之遥

偏坡醉美半日阳光

偏坡是一扇闭了很久的美丽之门
负氧离子吞吐炊烟袅袅
米酒之后的词汇怎么听都很土
“阿哥”“狗蛋”“讨求闲”
还有更贴切动词或爱称
“死鬼”

每次，在偏坡听见有人叫我“死鬼”
我会砍下双脚
留下闻闻房前屋后的燕子松开的新泥
刨开童年
用阿爸在田埂上的布依调
埋下自己

——题记

1

千年银杏树下是家
我却听不太懂布依话旋律

我走进偏坡时轻轻打开嘴唇
哼，哼
“湾纳，湾纳，湾纳”
还是没完全听懂
劳作的布依阿哥代译
“醉美下院”

2

古银杏群是偏坡最久远的见证者
坡挤坡，太阳分割
月光打亮
偏与不偏之间日月分工
一乾一坤，一朝一阳

偏坡的星星在银河里挤成道道涟漪
花墙和小确幸窝在心里跳跃
兴奋到梦的山腰

3
偏坡每一粒花种都养活花墙
康养与中老年心扉遇见
滑到偏坡就变成无数百灵
对歌花香

山影争着来陪唱
松涛乐来伴舞

4
穑夫是偏坡丰满的乡愁主题
油画里的犁锄在乡亲肩上行走
干净利落

一个古老的井口写着一句话
“道有升降，政由俗革”
似乎，所有的想法都刚刚走出那口老井
没有异味

5
那些面朝芦笙起舞的星光
情不自禁地佐证

“惬意”在偏坡是一个动词

老井不是万能母亲
却在儿女需要时无所不能

无论天干成什么样
老井都在挤乳汁滋养一坡子民

也不论洪涝如何肆虐
老井也保持清澈
给世界一汪民心干净

6
我在千年银杏宽大的枝叶下捧起一块界碑
标有“民国”手写体的界碑
我读不懂太多文气
却见证被岁月斑驳

界碑解读半日阳光
小树也对那些无言自威者怀有崇敬
小小偏坡，就一“小”一“偏”
让布依人的蓝色韵味

在一栋栋深居的民宿与农家乐中
因“商”求“异”，也美

生态印记是一块界碑牵出的故事
昨天的文字衍生固样
雨滴飘过
风一阵雨一阵

界碑的胸襟是最后让界和碑都消失
无了界碑的夏天一路葳蕤

7
偏坡翠于八分山一分水一分田
偏坡不语
世间之简如一瓢清澈之水
不须过滤即可品出老井深邃

偏坡高原个性
是布依汉子扛在脊背上的古树
树高千尺知根深

偏坡挂满蜡染的蓝布

衣髻在小院里升华
海枯石烂绿成海。海不悲悯
还挤抽时间为家乡展演

8
家乡偏坡是贵阳市面积最小的乡镇
总共只有 2000 余人
偏坡小小的，柔柔的
21.93 平方公里的土地上绿荫一片
生活着 97% 以上的布依族亲人
他们原味而大美

原味是古井泡出的山茶
河塘景致素描巉岩
山和长廊的倒影插入夜晚
蛙鸣被搅动

9
偏坡蛙鸣真实善意
不快不慢。自唱醉美

民宿，习俗，民居与枫香染

和白白净净的礼仪
应有尽有

原味是阿爸炒出的栗香
茶汤映出布依文化博物馆前世今生
依山傍水的传统传承清幽

10
这一切我们没提前相约
我们在偏坡相遇小院
联袂养一大窝野蜂。一起
在三街尝一口蜂蜜
原汁原味
让蜂针在口腔乱蛰
齁甜整个夏天

偏坡的房前屋后种上不计其数的繁忙季
我在写满布依语的倚靠上躺下
喊一声“六月六”
听一声“布依浪哨”
情不自禁。山挤过来与我合影
争先恐后

11

原味偏坡和民居一样无修饰
你我只需捧一口阳光哺养夜晚
那些在房前屋后种出的不计其数的繁忙
和花蕾
一寨一景，一户一景，一院一景
开出无数个“一”
道生一
花朵偏坡，独一无二

那些与药食同源的根脉
炊烟加清火炖
山泉流出野野味蕾
渗出郊外绿绿葱葱
很埜，艽野

偏坡懂“源”在“原”上
有“原”是“元”，有“元”是“缘”
如婚俗中那些想象的谐音
“岩上”就“爱上”
“百合桥”也“百果（银杏）桥”
让夏天站在繁花似锦的野百合边

野远，又近
融成一桌布依素食

12
偏坡是一扇闭了很久的美丽之门
负氧离子吞吐炊烟袅袅
米酒之后的词汇怎么听都很土
“阿哥”“狗蛋”“讨求闲”
还有更贴切动词或爱称
“死鬼”

每次，在偏坡听见有人叫我“死鬼”
我会砍下双脚
留下闻闻房前屋后的燕子松开的新泥
刨开童年
用阿爸在田埂上的布依调
埋下自己

13
乡场上的米粽，枫叶继续香艳
我们静坐于偏坡碾房门外
品读藤竹养活的偏坡溪韵

做梦，梦的飞行速度很快
一叶连一叶
梦的谎言诤言各半
搭成生活的竹屋

14
写诗的粽叶继续青翠
跳上枫叶，屏住呼吸抵达
远方之远
白，糯白，浆白

来我们家吧
我们在偏坡千年银杏树下偶遇
品尝布依阿妈包好的米粽

一个米粽告诉你我
可以把荣誉看得很重
那是脚步丈量良知的距离
却要更懂绿叶里白白花花的糯米
香，是因为一张叶
或一米阳光

香纸沟的竹海溪流与碾坊

在香纸沟体验人心人性
纸在千变万化中保持着纸性
也挣扎。那是生命在拓荒

腮前这些刚刚被夜晚抚过的绿
图腾成一把梳子
探智问智
梳理人类经络
美好的遇见从未离开碾坊

——题记

香纸沟的竹海溪流与碾坊

在香纸沟体验人心人性

纸在千变万化中保持着纸性

也挣扎 那是生命在拓荒

曙前那些刚刚被夜晚挽住的绿

晓成一把梳子拴智问想

梳理人类经络

美好的遇见从幸福开碾坊

二零二三年十一月 书

1
走读喜欢的风景最是惬意
香纸沟无山。只
矗立苍翠峰峦

香纸沟有洞见未来之功
诫人类世俗
过多耳语如老贵阳五味杂陈
甜、酸、苦、辣、咸
齐喷。而竹香留香
最香醉香

2
家乡搁着香甜
一贴香纸续演千年走读喜欢的风景
竹说，自己喜欢才算实景

问竹究竟
香纸沟根脉与溯源穿越时
写满竹香的沟槽
属哪类香
竹不语，山不言

3

香纸沟与一贴肥实的竹浆纸有关
是潮湿高原在祭奠地母
月光抚琴养心殿
宽厚之山与太阳挤着
抢一缕香气静心素描一抹春色

香纸沟的竹笋与晨雾一起破土
竹叶，竹节，竹筏，竹浆
继续跌水缓流，不发一语

4

陇脚是香纸沟最深处的寨子
被山锁住
四周群山环抱古木
修炼成南静寺的幽静古朴

竹成荫，梵音代言
潺潺家乡水流
还有竹箫劲吹与处处抚琴

香纸沟最最动人处是早起的布依阿妈

撒一把炊烟放牧小桥流水
画中景入景中画

阿妈早起把炊烟拧干
正午的太阳大大方方挂出竹海一帘
催我回童年追赶月亮

5
香纸沟炊烟袅过高山
溪流滑出一把古琴
曲很冷。却衬托《渔樵问答》般空灵

在香纸沟我们都是牧者
牵手小桥流水人家
聆听季节时放下竹笛
我还听见竹之风骨站于琴弦

6
造纸鼻祖蔡伦是位山水琴师
演奏前先拜会百姓
教会一劳永逸的竹谦逊聆听

蔡伦的古琴穿梭山尖时雨滴丰润
“吟”声左手
徐徐铺开
古法造纸那些秘籍被蝉鸣缓慢摇动

蔡伦的古琴效仿伏羲在吟猱
泥巴味儿足。造纸术口传心授
延绵一千年翻过千座山
等下一个千年

7
土法造纸术给香纸沟百姓一个海
丰泽心静的大海
风调雨顺之海。抗击海啸

香纸沟遇见所有海盗也奋战
掠夺者抢夺不走家园的绿树成荫

山里人，人人是家园的守望者
驱赶急功近利
直到伐者举起手来
撑开白旗

8

香纸沟是一本千年墨香之书
挥动指尖的实上虚下
左右滑动“猱”入人心
如遇见是一部心学
遵从于内心的“为善去恶”

去一次香纸沟
所有美好就不会离开
竹林七贤与土法纸从竹简体演变
创造一部《易》
《易》主周公诉之人类
“别拿别人指北针指引自己的路”

是的，地图上的远方更远
却依然行则将至
“生命之所以意义非凡，
是因为它会停止”

读五千年经典，问己
我们都可以不做现成答案的乞讨者

9
在香纸沟体验人心人性
纸在千变万化中保持着纸性
也挣扎。那是生命在拓荒

腮前这些刚刚被夜晚抚过的绿
图腾成一把梳子
探智问智
梳理人类经络
美好的遇见从未离开碾坊

10
碾磨转成一个东汉的圆
乐谱取音遒劲
清泉点滴
造纸传人都是蔡伦的江山
乐此不疲

香纸沟让所有虐过的荒诞与绝望
静下心来细听清泉敲门
却在道别时化为乌有
让那些异化与幽默的怪石嶙峋

“变脸术”般扑朔迷离

香纸沟的云雾目不暇接
不时递来一把锋刀
修雕雷雨

11
山泉在香纸沟衍生无限遐想
古朴苍老与浑厚松透
清润，灵幽，凝重，甜美
流过屋檐的樾林

那里有溪流敲门，一琴一音
横生妙趣
传承，牵手与呵护是一部史书
悦纳汩汩清亮

12
在香纸沟对话石碾坊
才有沟槽打铁成山的扩音器
石碰石，实打实

碾磨巨石以仰望视角通衢
香纸沟的天相抓无数鸟鸣在石痕间齐奏
“空山新雨后，天气晚来秋”

夜幕下的香纸沟流动之水渡酒劫
水声推碾坊
溯源颤音，纸书，鸟鸣
越听越故乡

13
我在纸书封面搁一空杯
墨香渗润
于伤痛罅隙处写家乡
默喊大山乳名
“牛儿，羊儿，这里有鲜鲜嫩草”

心境随风才是真故乡
碾坊像一头老牛
回应“故乡”时声轻如竹浆涟淙
却也溪流抚琴般悦动

14

很多时候我也邀约文朋四友
来香纸沟做一名琴师

香纸沟在时光里演奏《酒狂》
灵魂张弛有度

而这一切宁静源于溪流水花
从不质疑自己
可以是一名演奏《高山流水》的琴师

无答之问
让香纸沟听见乐曲沉浸
或荡气回肠
也见证渔樵在青山绿水间自得其乐
或一副对追逐名利者鄙弃的写意
情趣依然

15

香纸沟不大不小
却谱一曲反复强烈的无垠与辽阔
我们沏茶倒影

隐者让茶汤行走土碗
豪放不羁时陪陪潇洒自得
我们自由奔跑

那我们就给自己谱一曲无垠与辽阔吧
节奏裸心
你我洞见高山巍巍。或
给一把低头的利斧让出一条路

生活越苦难
越能开出坚韧美丽的花朵

16
瘦竹说感谢曾经有过的贫困贫瘠
种竹人的新生活才能在弹簧上起跳

独步香纸沟的山风吹于短袖外
不冷不热
很满足地见证
一捆捆竹破土沉稳
走在成浆的路上

看见了吗？
耐性是汗流培育的生机
长了很多年
根茎深扎，庚续传脉
给大山里种竹人的智慧加持

17
香纸沟的云朵留香
蠕动万物
河谷把鸟鸣当拐杖

沿家乡沟渠走过
弦声没有落魄
颤音继续演绎高山流水
溪流妩媚
陪鸟鸣吟诵《诗经》

香纸沟养的竹也养原乡
喜竹声声
竹箫吹响黄钟大吕
不知不觉邀来故林旧渊
入诗

18

点亮萤火虫读老屋挂满记忆的土纸
香纸沟成了水韵版图

那些从星罗棋布的古法造纸作坊
吹来马帮和碾磨
叮叮，咚咚

挂着香纸的堂屋横梁没旧
推门闻竹浪
虽无雕梁画栋
却在我仰视的眼神里挂满“读书郎”
歌声侧漏，甘之若饴

19

香纸沟最适合与山水一起发呆
解密画家为何迷恋此地

在这里找到的童年甘滋别有情趣
家家户户木门上挂满竹门帘
是的，香纸沟古朴不减
画家们都去了香纸沟

香纸沟最喜墨客进出
隐约被掀动
与竹帘纹黑白交映

画家脸上挂着对山水的敬畏
原因是山水说真话，与山水交友不累
灵感就淌成一条自由河流

20
香纸沟屯着土法造纸的发黄记忆
养心殿一叠竹纸发出清香
也神秘成一尊河神
世间清泉少了
人类才懂静心怀念

香纸沟两岸纤细
竹浪漫摇水声
手摇，水摇，日月摇
轻奢成一抹枫香染

21
被碾坊揉搓的纸浆继续溯源

香纸沟竹色笃定
抵御所有暑邪和湿邪
醇又纯

那含着香气的飞鸟在山水中自由飘逸
老屋门外蝉鸣高音
昭告天下
土法造纸已积淀，已可
出版或公之于众

是的，一本书会告诉世界
来一次香纸沟就不舍“再见”
香纸沟用竹影爬山
挂于巉岩
苍翠绿成一屏墙
风物死心塌地，敢爱敢恨

22
香纸沟的竹满是反哺精神
经历七十二道粉身碎骨的工序
依然保持着向上拔节和内心空灵

香纸沟的竹装下道义无数
如眼前的祭竹仪式
爆竹声声
誉词生动强烈
洞见世界和你我

23

我们约定
再去一次香纸沟

枫叶谷那枫叶红

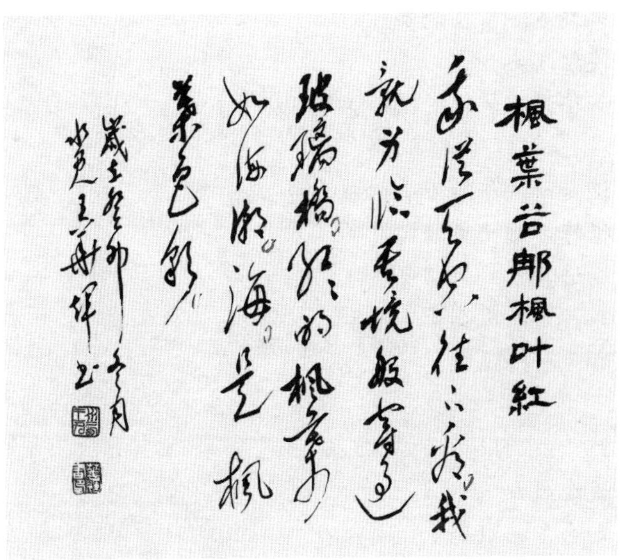

从天空往下看
我就身临其境般穿过玻璃桥
红红的枫叶流动如海潮
海。是枫叶色彩

——题记

1

还没等冬雪舔暖寒霜
新堡的枫树就开始挤出嫩叶
包括刚刚冒出的芽
淡红淡红
如小溪里冻红的鸭子脚丫

这是一幅手绘万山红遍的萌动
很冻，却出奇轻巧灵动
缝进我童年新书包
我背着疾风剑豪
和风一样疯跑

2

我迎风奔跑
如家乡的脸庞
越跑越红

我看见厚实的红叶长满山岗
让家乡只在秋天露出红韵的枫叶
燃成燃烧季
每一丝光亮与阳光的视角都崭新

也如梦里裙摆燃烧的迹象

枫叶谷之红是一抹生命之红
一年四季都披红

真到秋天了
枫叶还提醒人们
给自己配一把花伞
万一有偶遇
那丹桂雨和枫叶交替的风
或久等的雨，在雨中漫步
措手不及

3
面对红透的枫叶
花不言别
可以不用怀念从前
从前总是在立秋之后
被一阵又一阵急雨催着与夏天告别

冬天真的快到了
似乎枫叶生命就要结束

红红的枫叶啊，那血红秋恋
手掌心大的枫叶在漫山哭泣般告知
叶很轻很轻
却在呐喊

季节啊，别那么匆忙
真正学会告别是一种无限的痛苦尝试

4
枫叶谷下的温泉淌出火一样的热情
让无数次被盛夏葳蕤和雷雨击落的叶片
像一架架参战的无人机失联
枫叶去流浪
让太多的梵野长成野果

在一片红色的山川
任何一株无名野草也是新鲜
一道道彩虹
在飞，一直飞，飞出大山

5
我把枫叶谷描绘成家乡彩虹
与七彩融入

我给天宫架上桥去引流
度藏了一亿年的水温
热水，烫水，流水

家乡的温泉是野生的
枫叶的秋天是野生的
枫叶红景致里的水蒸气是野生的
爬出动人印痕
野生。在乌当是一锅温暖

枫叶下流动的野生泉水汇聚成一股向上之气
向上的姿势炊烟徐徐
每一个细胞也折射阡陌
也都是家乡的样子

6
枫叶在沟壑与风物孪生。自由生长
从怀孕到临产
都孕育出一潭红色之海

从天空往下看
我就身临其境般穿过玻璃桥
红红的枫叶流动如海潮

海。是枫叶色彩

就在那一汪野生的泉水里
泡着我的仙子和大神
妩媚无限让我对“野生”着迷
或中毒

7
所谓野生的枫叶谷与温泉
就是人的良知会说话
直白：我从哪里来
认识来路时也常回望低处
哪怕已经拥有了高大或红火
或炙手可热，或卑如尘埃
也要为更低微更渺小的心扉找一个搁浅处
安一个家，或做丁点事儿

学学枫叶的力所能及吧
化作一片干干净净的叶子
在“锄禾日当午”之下
将家乡精心打扮成红衣少女

8

家乡回忆的时光跑不过我的影子
我在枫树下的奔跑
从春天出发跑进秋季
祖国红，十月红，家乡红
红是永恒主题

时光跑不过我的样子，和
时光镜头追着我跑的样子都很惬意
如没有设计感的黑白影子

从童年走出大山到中年归来
我的腿肌发达
我的步履一坠一坠
快感与枫叶做舞伴

9

枫叶说需要割一块乡愁
丢进温泉里煮
我很担心水温过高
很快。把我煮成一锅庖汤

肥而不腻的庖汤因为有一片红叶
加持更美诗意
才能让一个亲切的眼神溢出

10
我在枫叶染红的峡谷里
情不自禁。微笑

我抛出一个与家乡互助的手势
家乡红是一谷的浪漫在浪漫
解读乡愁中抹不掉的最红记忆

家乡的枫叶是一本厚厚的菜谱
以诗解读乡愁简洁明快
让乡愁构造出“馋”的主要成分
“姨妈菜”“野葱”“折耳根”“野菌菇”
“盐菜肉”。或其他
写在枫叶上

11
乌当是太阳升起时的最美晨曦
连通日月岁月

陪新堡度藏枫叶谷六百年
还诠释：红在这岸

彼岸花说
程度与时间特别家乡
家在乌当就是每一片枫叶上的曲谱

我在枫叶谷采一把彼岸花
举起奔跑
我的双膝告诉我
家乡是没受过任何污染的心净天空
人不累，心不累
那是枫叶举起的火把

12
在红枫下用奔跑滋养活力
气息或气度不用诠释

道有言，枫叶变红有因果
人类只需知道它是自然的
红得早红得透即可
过于华丽的解读不属于顺其自然

13
枫叶是枫树长出的叶子
人们却很少记住粗壮的枫树
总对那一片红叶子
或叶的各种红情有独钟
一日三省，我坚持学枫树气度

家乡的枫叶或多或少会流露出无限空旷
枫叶唱歌从最熟悉的旋律和音调开始
喊

“五角枫”“三角枫”“七角枫”“九角枫”
都露出奇怪的角
争相回应

“角”在叶红时长出齿
棱角分明
基部成“心”形争妍月光
叶面粗糙兜住霜雪往事

14
我在叶脉上品读那些诗意的毛绒细雨
我一眼看见相思的无边无际和万种风情

家乡的枫叶对游子持完全包容态度
像她对生老病死的宽恕

童年记忆里的新堡秋色浓郁
满山刺梨从金黄橙色慢慢变成淡红

要红就红吧，红成家乡群山
让每位游子举起家乡奔跑
红。就是奔跑的姿势

15
家乡退让枫叶给秋分，家乡说
红不争艳，逢俏不赶
摆摆“六尺巷”的故事
坐下来，静下心吟诵
“千里修书只为墙，让他三尺又何妨。
万里长城今犹在，不见当年秦始皇。”

吟诵故乡时腔调派别不限
越多元越家乡

16
一抹红不论走向何时何地何方
一直被一土碗泥土牵挂
泥土是襁褓的家乡

枫叶之外的秋天是枫叶谷在舞蹈
裙摆烧起灵感
风景一姿一势，一乾一坤，一砖一瓦
胸宽成一汪海

家乡枫叶之外还有秋天
秋事争着表达
添红添香
大山红心里，自然红

17
枫叶谷喜欢火一样的尖叫
与温泉荡气回肠的融入
那样的叫声是雁群飞过家乡
鹭鸶穿过夕阳

家乡的枫叶站直鸡鸣犬吠
晒秋的童年被折叠

晨曦如你
尖叫穿透河谷

18
枫叶说有枫的地方才疯得尽情
枫叶里的嬉戏，玩水，冒险，冲浪
继续尖叫，柔软
而这一切皆因枫叶红了
玻璃桥及其他

枫叶铺成的陆地乐园
丛林在探险挑战与欢乐
五彩滑道上猪猪侠的时尚惊险
加上刺激，加上丛林迷宫
加上趣味，加上欢声笑语
再加上露营烧烤
再加上那 80 米高的玻璃桥
谁在惬意，谁在呐喊，谁在舒坦

19
人，其实都在玻璃桥上行走
人不会踩空
哪怕置身天空之境

脚是实的。踩着连绵起伏

枫叶谷的枫叶举起玻璃桥
明心见性，透亮透明

所以，我选择在美美清晨赏桥
云雾缭绕如仙境
抚触桥墩

20
有时，我们也选择晴空万里时去抚桥
让蓝天白云与桥墩照映
看见裸心的三万枫叶与原生态
构造一幅秘境图

我还听见园林式温泉的水声
沉浸于“春赏秋叶”的另类浪漫

或许，我身处站得直直的明朝
和徽派的风楼宇下
乐读家乡那片枫叶

第二章 我以故林旧渊煮风云往事

一條河啊或每一條河都
有太多史事那是歷史
的長河住了是江河在做
筆錄見證水東這條沒
有江水的河流慢慢流進烏
當寫經典無數

綠水東千年文化書帖

癸卯冬黎人文於松溪河畔

“水东”千年文化书帖

一条河啊，或每一条河
都有太多史事
那是历史的长河

往事是江河在做笔录
见证“水东”这条没有江水的河流
慢慢流进乌当，写经典无数

——题记

1
人类站于历史尖刀上
双足撇开乌蒙
鸭池河一声霹雳，摧枯拉朽之势
破水西东

鸭池河把高原两岸张开
一半唇齿相依，一半一衣带水

2
我面朝东，站在鸭池河畔
我在地图里冬泳
把与贵阳区域相邻的龙里、贵定
揽入杯中

我行走鸭池河
读衙门、官寨、墓葬、庙宇
那些斑驳的遗物醒着
我听见历史在诉说历史的一次次险象环生
浪遏飞舟

3

“河”有水才是天经地义之江河
鸭池河滋养两岸绝壁

绝壁天险是乌江的秉性
被拉长的鸭池河是千里乌江的别名

徐霞客走过的乌江
两源南北
南源三岔河缠住香炉山
一路高山茶

那晚熟的高山茶啊
净如雪山皑皑
与乌撒的木炭和土砂壶紧抱久拥
摆动高山茶牙
情不自禁散出栗之菜香

4

人生难遇偶遇
我的鸭池河虽无上下游之界
却庆幸自己是贵州母亲河乌江的主干流

鸭池河被历史续写
久远如一条天然的文化融合线
格外吐香

鸭池河之西名水西，之东叫“水东”
“水东”是宋氏土司一千多年的甘之若饴
（公元620—1630年）

“水东”历经三朝史记
千年走过唐诗李杜
千年阅读北宋“三苏”
千年面见王阳明

5
“水东”洞见的文化奇迹之惊艳
让人匪夷所思

或者说，一代土司走完使命时
给那片统治过的疆域如何交出答卷
如何与儒学情景交融

“水东”殁了，可千年布依婚俗传下来了

刺绣、蜡染、医药、服饰、酿酒传下来了
“六月六”歌节，龙灯、花灯、造纸术
阳戏、地戏、芦笙舞、剪纸
都走了一千多年

而，这一千多年最辉煌的章节和故事
以及一切美好，刚刚好
都发生在乌当

6
史学家吐真言
“水东”“水西”的历史贵州不分开

人类学家实言
大西南土司制度颇有大中国土司代表性
“水东宋氏”“水西罗氏”皆为明代贵州土司
与“三不朽”心学家王阳明交往至深

作家直言
“水西安家土司不起兵造反”是部纪实小说
“马烨欲逼反水西”是部哲理故事
“水东土司宋钦遗孀宋氏劝止水西”是部情感剧

连载所有的忠孝大义
以长诗史诗般书写
“越忠孝，越久远”

7
水东故事如游走的阡陌
时光不完全掐出惬意部分留给后人

在一个千年的墨瓶里沉寂
摇一摇，我就听见清泉涌出时的泉纳泉
握手蜿蜒溪流的溪融溪

我听懂布依阿妈的一路风景一路山歌
心灵在爬坡

8
水东文化如我在南北两源汇合处放声高喊
“阿……爸……”

溪边寨子里所有族人
取出祖辈遗留的狩猎石器
磨刀霍霍

给文化站岗放哨

水东文化最感人的章节
是与黔中土司文化融为一体
那“耕读为本，诗礼传家”的风景
是一幅千年土司与六百年水东的唇齿相依

9
今天的文化还叫“文化”
之所以没缺钙
“包容”二字是壶茶
温火熬出真谛

文化水东不是文字游戏
是一碗浓郁的米酒
朱砂、儒学、移民、生态
以及“傩”戏加持
包罗万象
想多美就有多美

10
乌当正当。恰是水东文化如日中天

今日行走乌当，古道踪迹偶见
新堡马头寨、宋斌墓、乌当桥
九眼桥、朝阳古佛洞、来仙阁
云锦庄那栋水东宋氏别墅有时光折印
明代“洪边八景”遗址昭示后人
家里藏书，信念从不缺失

今日乌当步步为景
美出山的蓝调
被蝉叫醒
云朵也来合影

11

写乌当之前
我的身体插进乌当山水之前
先读一遍“水东”
那是生的法则与人心
是“家乡”一词的限量供应

是啊，世界是无限的
人生只有限于世界“文化”二字
方为无限尺度

東仙閣
嶽峙淵渟

12

水东之“东”是一个方位词
落地乌当这块因温泉而古老神秘的境地
活力满满

那是亿年温泉与千年文脉的握手
点燃征途中的无数硝烟
此“水”美成故事

“水东”地区的后来
战火孕育一批又一批革命志士
沉淀，厚重，经典
渗出乌当特有的红色脸庞与气度

13

见证“水东文化”与乌当不离不弃是眼福
“东”与“乐”笔画相同
于东方，于同乐
一笔之别写历史妙趣横生

是的，六百多岁的贵州
“水东文化”一直有着非凡影响力

经济、文化、艺术、交通
与政通人和都经历过无数日晒雨淋
紧紧相依

“水东文化”的源起与兴衰是史学家的教案
明代“贵州卫学”的时空点赞
清代“水东土司文化”的定论盖棺
民国“贵阳文化”的升级点题
与今天“水东文化”的无数研学者
归根结底是对我们脚下这片土地的热爱
无比热爱

14
五千年中华文明正是文化的无限叠加
当然也有历史中的荒滩与无知
辩证目光

每一个故事或多或少都曾有过辉煌
或落幕。或打破世俗
让流离失所与五味杂陈错乱
然后，构造一摊往事

15
一条河啊，或每一条河
都有太多史事
那是历史的长河

往事是江河在做笔录
见证“水东”这条没有江水的河流
慢慢流进乌当，写经典无数

16
水东遗风是古朴厚重的“纸浆浮雕”
从人物肖像到近现代农村风景
从“图腾”到“神话”
让一个虔诚者亲耕几十年如一日的坚守
几十年如一日
那是一个什么算术
就为那一纸鲜活

没有人想过要为一堵墙体实现它的各种可能
或与那个时间存在的价值复活

但水东千年的结果是它成了我们的想象

如乌当岩下的冰臼
与滩上人家造屋的碾坊
聚居着各类水东后人，山水相依

17
渔洞峡供着“水东”肖像
意境是每一滴浪花或每一个涟漪
潋滟成诗一样的火把
点燃夜郎，点燃磅礴乌蒙

夜郎是一个扑朔迷离的古国
乌当的每一条河都源自高原山脉的风景
深不可测

18
是的，夜郎如严父那样在行走
来去无踪影

相思河对水东有母亲般仁慈
每一处皆有印记，每一细节都有交代
抓铁留痕

19

所以，当我们今天还在为“水东”赓续时
我反复擦亮眼睛
看见乌当最繁华的广场
矗立着一块大大石头
那块石头压在我心里，我默诵
“活力乌当”

我的水东啊，以文化视角和骨髓告诉我
贵州山高，文化却没有跪下
依然在攀登并站于山顶
放眼海枯石烂

我独步活力乌当
辛酸往事没被商圈包围
太多的故事因为我们在享受着过程
而没有忘记过去曾经滴过的血

20

历史放心
将一个朝代更迭的文化现象交给乌当
那是“修”与“为”的佳音

今天的乌当就是一个天然博物馆
越来越热
完整记录着“水东人”“屯堡人”“三线人”
吃过的苦
和那些熟悉的“代号”
在记忆里，起乐

新堡"屯"有明朝那些事儿

谢谢明朝一脚刹车
把车停好
四个轮子都做出了逐我下车的眼神

还好，那晚有雷电和雨
让那些故事和风物完美保藏

——题记

謝謝明朝一腳剎車把車停
好四个輪子都做出了透武
下車的眼神還好那晚有靁
電和雨讓那些故事和物
完美保藏

1

明朝的枇杷熟了

枇杷在初夏比拼着熟透

新堡是搁在乌当的明朝之“堡”

借力枇杷树之粗硬风骨

抬一把月琴

枇杷汁甜齁夕阳

彩蝶在田埂上自由弹唱

枇杷果敦厚摇摆

有风的表皮

婴儿肥还没脱去

农忙，秧禾，雏鸡

闻蕊而来

嗅觉依然灵敏

2

新堡的荒瓜花喜入画

卷起本该属于蜜蜂的花果藤芽

齐步画中水墨

月亮琴的乐谱站满鸟鸣
山水曲落王岗
牵月光入席
听星辰觥筹交错
蝴蝶群舞，蒌蒿满地

3
六百年布依寨是月琴最虔诚的听众
一人一板凳，整整齐齐

月琴只弹奏最完美的山水田园
鸡鸣犬吠是潺潺流水
如一只鸭在清澈溪潭与鱼群嬉戏

月琴演奏前回忆着祖先嘱托
月琴一响
“煮芹烧笋饷春耕”
开门迎客

4
新堡人是月琴守护者
井边蛙鸣

盯着家乡那枚挂着月亮的小亭
把月光搁回明朝

新堡月光的清水散养自由鱼
意境生月琴
刚刚好契合老屋石墩与木柱之间

新堡被岁月磨亮精致
陪我翻开汉武帝的月琴
风霜明朝之“屯”作证
满圆形音箱与短小琴脖
在镶紫檀色边的木制边框上
摇摇摆摆
承载阿爸牵牛的过往

5

新堡的板凳舞也来自明朝
伴随田间开得一望无际的烤烟花
肥硕的，胖乎乎的，胀鼓鼓的
怎么看都是老百姓腰包
在折叠汗水和烘烤
挂出笑意

逼我想起家乡的水田宽阔

新堡的板凳舞由鸟鸣伴奏
不完全用来欣赏
体验式，沉浸式，自由式
与耳熟能详，是声响是本真

6
跳板凳舞的布依阿妹个个英姿飒爽
她们演绎布依族日常
生产，生活，生存，生息，生衍
构造纯音质和朴素
泥土味蕾，一闻一炊烟

阿哥也狂跳板凳舞
万花簇拥
有心上人在远远晨露中偷窥

7
新堡的杨梅舔着月光成长
乡亲把月琴雕塑田间
奏响农家

插秧、施肥、锄草、收割、打米
一呼一吸发音

丹田里挤出韵律
清着嗓子投喂鸟鸣清脆

8
我理解的簸箕画与明朝有关
白描幸福生活和自己

新堡装下美食图腾
丝丝竹篾编织细语传承
刚刚好解读一股精细
“匠”是飞檐走壁之绝技
托着家乡食色
负笈求学

9
于是，这个叫“新堡”的布依族乡
精气神入画
竹成林，花成溪，食成素

寨老告诉我
布依人用簸箕盛放粮粑
解读勤劳精致
静等脱手的热糍粑慢慢变硬

10
我理解明朝遗风的风景
是长辈把热络络糍粑从手上码回原始
做成条形条，方形圆
捏出各种人物动物花卉
搁放

簸箕画被撒上各种食用颜料
翻过去晒晒，再翻过来晾晾
或收紧
等阳雀飞来

阳雀飞来了哟
阳雀迷阵彩色斑斓的食园
戳簸箕
敲门取食
“嘣，嘣，嘣嘣”

却不知己已入画

11

你听见了吗
寨中央那口清朝的铜鼓
完好无损

是谁在敲，又敲了一下
晨曦被敲开
于阳雀敲门之后

铜鼓下的竹竿舞撬开家乡眉梢
竹竿舞摇出白花
潋滟成百姓好日子

铜鼓守望的塘中有鱼和云拥挤
做出压弯桥与村庄的架势
穿过知樾小屋
争先恐后去赶集

12

竹竿舞挑起家乡脸庞

等南明河顺流而来
让根植于家园深处的泥土
不随波不逐流
于热闹与喧嚣之后
摸摸自己的左脑发呆
或右眼有神

赶集是家乡的独享
人气风雨无阻
赶集天的太阳或雨滴尤其热闹
让家乡曾经的劳心之苦
扎堆微笑

13
新堡一年四季都在接纳露营者
有一堆篝火青涩故土，陪露珠早起
游人听见香纸沟，温泉，情人谷
这些喻词活灵活现

新堡乐意用明朝渗漏往事
过滤竹竿拍过的地面和滑过的印痕
雪花片片

金银花朵朵，想象无止境

14

新堡之“新”遒劲
心情与野花在一墨砚池煮王岗时
如用长诗泡茶，一呼一吸
滋补晚睡鸟鸣或浮躁

在新堡农家酒足饭饱之后
出门见一堆篝火燃烧
火焰如满山的野果
撩动故乡葳蕤
与冬日暖阳一起轻挂碧落
雅称另一语音
“堡（pù）”
醉意就上瘾

15

枫香染也是新堡多元生活的状态
那些多样与生活宁静及其他
如一潭湖
坐在陇脚村山腰上

吃着酸酸甜甜的樱桃和枇杷

白水河的雨涨得很急
太大了，我们就等等雨吧
等雨走一阵子
捎个信来
从新堡往前走小点点
去香纸沟的行程与装束就满是设计感

16
从明朝走来的路也许太久远
也许全是宁静
容易让人回到反省的路上
那我们就把路径再捋捋
仙境与晨雾

谁是真实的家乡怀素
我们就跟谁走
走回童年

家乡朵朵都是映山红
我常常用情过深

17
谢谢明朝一脚刹车
把车停好
四个轮子都做出了逐我下车的眼神

还好，那晚有雷电和雨
让那些故事和风物完美保藏

明朝屯的弯很多
让我清醒
然后再直直地接受讨伐

明朝的布绸在烟波浩渺的泉边沐浴
挂在枫树上结出的酸橘通红
像定情的风物吃下一些酸酸的想法

18
乡场上的闲聊偶有千帆过尽之怨
所以，我握住太阳的手一直走
乡风炙热浓郁
或只需用毛笔蘸溶解的枫香浓液
在布衣姑娘自织的白布上画出故乡

百岁枫香树站得直直，脂浓
一层淡淡牛油抱着山里的文火煎熬
闻香便读出煎熬之美

闲暇乌当就是一部散文式的史书
所以我在品读活力乌当时
总感觉天下的新衣都是甜的
于是，我坚持把故事讲得畅意和青翠

19
在乌当我常常念想深秋的晨露
看见小树苗在宅心仁厚的庭院里微笑

新堡 53.61 平方公里的土地全是森林的家园
无数次感动过明朝
乡亲们从枫香树上取脂的镜头清晰
树是微笑的，大山也微笑
还有一只猫和童年一样奇幻

见到枫香脂染出的新衣或我的手机亮光
去了树上跳跃，枫叶上欢愉

20

我们眷恋传承文化的一树枫叶
解读欢乐谷的童声
紫薇树那能屈能伸的张力
正在构建一路的绿荫

从老新堡走来的新乌当
如树的羞涩
活力穿越

壬寅新月写

水田庋藏的“唐家顶子”及其他

深秋的老屋书声琅琅
蝉鸣举手问老师
老祖祖抬出天地君亲师位
我听见布依山歌在高粱地里爬坡

历史在醉与半醉之间读懂五谷杂粮
水田的月亮舍不得走开
行云流水般锄开书山黄金屋
灌“唐家顶子”那部“官经”
酱香浓郁

——题记

水田庋藏的唐家顶子及其他

深秋的老屋書聲琅琅蟬鳴

舉手問老師老祖搖首天地君

親師位前聽見布依山歌至高

梁地異風波歷史先長至[illegible]

之間讀懂五谷雜糧水田的月亮含

不住老行雲流水般鋤耕

土中黃金屋藏唐家頂子那部官位

情和濃樸醇

癸卯之冬月於丹邑鵬

1
稻浪翻过竹林
入画深秋

竹林散养的斑鸠和鹭鸶腾空而起
我看见一只久飞的鸟儿入画
站在一幅墙上

入画的鸟儿抬高眼神
转身，回眸
林边，墙上，翠竹水墨
倒影被竹影修正
如太阳刚正不阿的视角

2
在竹林村与“竹林七贤”对话
“这么热的天，贵阳人的周末去哪里？”
竹林回我：“来了乌当！”

竹说，爽爽贵阳避暑天堂
万友千里齐聚
乌当，最是闹中取静好地方

喔喔，星星为伴
静心处方是乌当

3
竹林村落座乌当水田
水田禾下的万顷竹林
扫干净天空
遗风邀软软白云煮酒

酒已温热
“唐家顶子”的传世“官经”飘逸
众说纷纭如千条溪流拍打《史记》
养眼时光

4
水田是一个镇
一个镇的水田
六百年文墨跳进土碗
用眼神与月光觥筹交错
唱着山歌
聊海北天南

我问竹林
“唐家的顶子，高家的谷子，华家的银子”
为何久传不衰

竹林回我
“顶戴花翎长久，正是竹有气节”

竹之气节啊难了画家
千笔难出神

5
漫步竹林村相思河畔
如梦中夜游
竹笋竹荪齐刷刷披着星辰大海
破土

土地上的竹未雕，却已栩栩如生
风吹竹语
哗啦啦，鸟与蝉在对歌

相思河离竹林太近
布依阿妈的喉咙刚从土碗蹦出

高腔就见，酒见

6
全竹宴是一碗相思河
与烈酒蒸煮的“唐家顶子”
简牍锦书，味鲜如初
映射一个“道”字
“道”生“一”，而非“一”生“道”

那间旧屋太旧
烈日却选择在唐家大院上空打转
给了我打开无限想象和视野的理由

7
谁把两百年风景与时光搞丢
我看见木门上有八个字还在坚挺

堂屋四扇木门雕花虽已模糊
却少有来者
用诗之眼光刨开尘土

我从右至左，从上至下，逐字读

“禄”“位”“一”“品”“当”“朝”“高”“升”
字为繁体
足足书法味儿与流线遒劲

再读一遍，我一下子明白
左右布局与先后。应是——
“禄”“位”“高”“升”
“当”“朝”“一”“品”

密码之谜或暗号
正是“唐家顶子”那部“官经”
贴着“为民”二字

8
步履追溯至公元 1617 年
“唐氏人家”是茂密竹林下的一部史书

“成山唐氏”是一壶久不褪味的古树茶
铭刻“忠孝成山”的气度与风骨
茶汤清亮，历久弥新

古茶树悠然直白

嫩芽也经久耐泡，还苦
古茶树说，没有人看得起苦孩子
要学古银杏树
越老故事越丰满

9
我半信半疑
一个家族传世十余代
跨春秋四百
从一世祖唐一元到第十代
为官有道，传家有德
唐氏家族破了谶语
“富贵传家不过三代”

“密码”就五字
“礼义仁智信”
口令五字诀
“百善孝为先”
初心依然五要义
“忠义胤乾坤”

10

正是那一片竹林下的唐家
忠孝传家人人仰
儒学大义户户尊
谦逊善廉，诗书笔墨
一个字：棒

书写一个“棒”字
“儒”为根
“信仰”是方向

唐氏家族清官循吏、诗书传世
换得代代谥香

11

水田里的那壶老酒
在神秘竹林养着太多脉动

水东文化路过家门酣畅远方
屯堡故事演绎盘龙山麓长出水墨雾凇
成山经典在此封坛
也成一壶甘滋

众人酿

竹林在水田禾下传经诵词
“唐家大院”与后山
与狮子坟山、苏家山牵手
取名“成山”
那是一座高山

“唐家顶子”是桂花树下的一张宣纸
写下万千水车。浇灌世人
一部活态“官经”的甘之若饴
后学学之不竭

12
水田竹叶以飘飞姿态散养河塘
安静的水肥成粗粗荷秆

故事撑起家乡
野花盛开潋滟童年
映出方塘半亩

水田是一个丰盈的镇

睡莲填补影子空隙
水产养殖业被纯净磨成墨香
扩张成一幅富民画卷
网，撒出去秋意
收回月光

13
水田下的鱼虾在梦里活蹦乱跳
养殖工人是我亲人
舞蹈塘边

竹林之下的千亩粮仓很帅
苞谷，高粱酒都帅
帅过荷香

塘，荷塘，鱼塘，虾塘
游学于竹林之间
山水一劳永逸
搬开石缝装叮咚
溪流，正是百姓心房一瓣

14

深秋的老屋书声琅琅
蝉鸣举手问老师
老祖祖抬出天地君亲师位
我听见布依山歌在高粱地里爬坡

历史在醉与半醉之间读懂五谷杂粮
水田的月亮舍不得走开
行云流水般锄开书山黄金屋
灌“唐家顶子”那部“官经”
酱香浓郁

15

那是竹林的满目苍翠
与盘龙山野菌
不畏汗液之羞涩
大胆举手，不懂就问

盘龙山答应陪我栖居水田
竹林松涛是绿色窗帘
纱窗兜住音符

盘龙山被不知疲惫的蝉叫醒
云朵也来合影

我承认对历史的真相和态度
是从泥土里带来的味蕾
贴近盘龙山的野风

16
盘龙山说话算话
赶来陪我栖居的那晚
我们在一个叫山也的民宿里聊诗

一床被窝白白净净。所以
一直没有拿去晒太阳
诗捂着字词安祥

栖居竹林也，山也
在此等着一场及时雨赐予凉爽
和解一个有“秋老虎”的月夜

17
水田和竹林养育的儿女太美

山在食色本性
山也儿女，水也儿女

我在乡场上找到一个摊位
摆溪流和水声
卖空气清新和透晶晶鱼虾
兑换天南地北的故事

生意当然时好时坏
蜜蜂在摊位上静坐时像一个间谍
代我偷听竹林里山雀唱魏晋的古歌
盘龙山公园那松涛哟，弹明朝神曲
相思河里鸳鸯奏出高山流水

18
水田生长一汪宁静
平静如初
花蕊在水墨溪流里醒着
竹溪水墨最故土

水田镇上那个朝阳寺的门被封住
那个被时光打劫过无数次的寒山寺

被眼光洗劫和冲刷过无数次
“三合院”的故事坍塌
剩下破败的门和右厢房
墙上残留着模糊
模糊的文字

幸存护身符与歌者
告诉你我
门。是真理
“修来的福，争来的祸”

那扇门在相思河边上
长出了野草。野蝶飞舞
难言的美，格外美

19
亲人在水田镇的禾下种满竹林
晨曦朝阳走过桥来

服务百姓的书记姓“共产党”
他说，相思河长在竹林
盘龙山卧于竹林

竹林有绝美的风水和风景
我说那是百姓口碑
百姓口碑张贴于寨门内外

村里那座建于清代的古桥
每天给两岸垂柳浇水
让面对朝阳而得名的“朝阳桥”与“白岩河”
养足精气神
再传，继传，赓续
桥上美景

20
水田到处是木栈道，凉亭，三岔路口
与朝阳寺砖雕的牌楼
与青瓦，与雨季
与唐家老屋，与百姓亲人
汇成一幅山水长卷

我祈祷：一切良知土壤都不要走丢
来我家乡水田吧
竹林下，树下，素食
农耕自由

学蝉鸣黏人
不用收起颤音

还能遇见夕阳野瀑
从老屋的披肩流走
留下一汪布依山歌

21
去水田读那幅老家的山水长卷
老家的秋天越长越高

太阳的第一酡红告诉我
梦丰收了
已成一碗素煮的瓜豆

水田是人类的故乡
故乡有一半是粪的味蕾
爸妈就是站在梦里的挑粪人
一头是我，另一头是乡音

农家粪养肥的水田
影子是水波的镜子

早早就教会熟透的稻穗要学会低头

22
农家粪还养活水田大大小小的河流
如窗前这条流向远方的绿色旱船
搁于鸟鸣和高粱禾苗
倚靠会唱歌会妩媚会转弯的小溪
醉醉童年

也应允粪味和梦
再长长，就可以酿乡愁酒

23
油菜角儿离开水田的那个夏天
布依阿妈的米酒拂过我的嘴唇
我含着糯糯的油茶入睡
睡得很馋

我还梦见一条无毒的花蛇
在老家的枕芯下穿梭

第三章 “还我河山”之气概余音绕梁

中國工農紅軍

黄连村的红色诗签

1935 年 4 月，红军长征途经贵阳市乌当区黄连村。从此，这个少数民族聚居的小小村落留下了红色种子。红军桥、红军井、红军亭……让这里的红色故事越来越红。

——题记

1
冲锋号排着队继续走
标语，墙画，风物
都在呐喊
“还我山河”

“黄连村”以前叫“白石岩”
因笔直的石壁上
隐约有群龙在奔腾
造型诡秘

峭岩乳白壮观
得“九龙飞壁”雅称
我想，刚刚好
将我在十月写给黄连村的诗行
烙进岩石，然后
我爬上巉岩深情朗诵

2
我以投笔从戎的士兵之名
在黄连村一个劲擦亮记忆

岁月在艰难与困苦中看见一片红
镰刀铁锤的红
红红的旗被红军战士举起
在布依寨穿梭
穿过大大的古银杏群

3
岁月印迹依然清晰
赞美家乡的诗行乐此不疲

我常听见红军战士的急行军
与步伐
势不可挡，摧枯拉朽之势
定格成一双意象的眼睛

4
山崖下
“红军亭”“红军桥”“红军井”
捂着代代相传的往事

史书上
红军兵分三路抵达羊昌的文字

散发英勇墨香
往事也“九龙飞壁”
精气神，今犹在

5
“黄连”代言“苦”
良药苦口
明朝诗人吴宽《黄连》有说
“苦节不可贞，服食可资寿”

“黄连甜，甘草苦，发机须是千钧弩”
这是宋朝诗人的千古绝唱

苦中有甜，苦中看见甜啊

写《石灰吟》的于谦有言
“乍吃黄连心自苦
花椒麻住口难开”

黄连山水出口成诗
一半苦，另一半方糖半亩

6

我在黄连村对话小石桥
石桥爬满斑驳
在飙水岩下设一堂身临其境的课
教室里满是
“重走长征路”的虔诚者

后人提着马灯历经风雨
往昔的星火与蓑衣在墙上睁着双眼
洞见世界的目光在经历各种风浪
甚至被风摇得时明时暗
却从不熄灭

7

石桥简洁，却写满动词
佯攻，诱敌，牵制

这些实战的红色动词与兵马
都从简易石桥上走过
解读寒冷的 1935
和一部与敌斗智斗勇的兵书
石桥从不嘶哑

声如洪钟

8
最动人的故事是在飙水岩插上红旗

那年的黄连村春潮陡涨
洪水滚烫
红军战士举着一面红军的旗
九死一生
从飙水岩逆上
只为把旗插上岩口
插到大山最高处给太阳看见

9
那年春天的雾特别大
我看见又一名红军战士
扛着旗。往前
经岩上、安米寨、大偏地
到马堡、尧上、龙泉寺、中间河
到一个四面夹山的赵家坝

深深寨子里

扛旗人与百姓促膝而坐
拉家常，绣红旗
然后，把红旗插到山岭上

10
那年那月
三路长长红军队伍
跟着旗帜夜行军
谁也没有走丢
在一栋四合院的小木楼
与主力会合

那晚，黄连村的乡亲把堂屋门打开
也把木腰门打开

乡亲半夜起来把家里水缸灌满
木炭备齐
扁担搁于灶房显眼处
拖儿带女悄悄离开
腾空堂屋留给红军亲人歇歇脚

扁担知冷暖

黄连乡亲把家和炊烟捂热
在高原倒春寒的四月悄悄出门
家，留给红军亲人开个班会
再行军

11
故事是祖辈传下来的
故事搁在堂屋
没被烘干
如大山深处那双雕塑的大手

村委会门口的雕塑
是一双粗糙之手，劳动之手
百姓之手
托起星星入人心

一双手的雕塑赞誉家国
解读从艰难困苦中
走来的筚路蓝缕

12
“民拥军”标语还在

民拥军，拥的是一潭清澈
红军来了，阳光来了
所以，近九十年风风雨雨
如一团团火继续燃烧
百姓眼睛雪亮
高呼“跟着红军走”

“跟着红军打胜仗”
已植入人心
不仅仅是一幅标语

所以，我常常会情不自禁地
向这片土地敬礼

“军爱民”是红军入寨时的“约法三章”
那是对布依族风俗的加倍尊重
军爱民，爱的是天下父母
亲人之仁与党恩之爱
大爱

13
我在黄连村听见布依语的赞歌文本

让那些书写工整的标语不被风化

朗朗上口的写实写意
是一门哲学也是一部预言书
跟着革命道路见证巨擘
“还我河山”的气概啊
那是中华儿女之魂

我在遒劲的石刻下面
仰头，昂头，点头
礼赞这片土地

14
乡亲说红军曾经过白果树瀑布
瀑下那条小河曾经有过娃娃鱼

红军亲人要过河
军民齐上阵
在山沟上搭石桥
我想，那些娃娃鱼
肯定没被惊动
有可能活到了今日

红军歇过脚的那个亭子
娃娃鱼的叫声特别清脆
像布依山歌，像赞歌

15
简易石桥和亭子
无设计师各种论证
如一串荒瓜花的自然
开花时春光明媚
结果时红军亲人过来

我最关心红军亲人走过时是否安全
架河而过的风景美成故事
亭子更是亭亭玉立
雕刻出挑水劈柴的军民影子

16
黄连村那座简易石桥赢了大山
飞堑时牢固，红军三路而来
顺利翻过白石岩
扎营黄连，书写红色之红

一个红军亭的故事
交给了发黄的纸，纸上还记录着
红军战士给穷苦百姓送衣送药
播种春耕

黄连村的今天美成一幅真山水
山水画给了心中固有的梦
还原土壤
如我越站越直的红军亭

17

我在亭边遇见无数原乡
滴滴雨露爬在上面
遇见可以喂牛的鲜草
撕开记忆。我喊童年
却忘了童年那些夹在书里的名字

瀑布，桥与亭子之间的距离很短
被苍翠紧紧裹住
我倚剑行走的影子在山里
被嫩嫩斜斜的晨曦挤瘦

18
我捡起岁月遗落的战利品
如这把红军刀
我握住红军刀在红军亭里坐坐
捋着初心
享受微风拂过

风，挂不断
我给红军战士拨通的电话
我在家乡的小木屋门前听见
“中共黄连临时支部遗址”
藏着太多辛酸

19
红军井养活家乡太多人
也养活古银杏群
枇杷寨、田坝寨、瓦窑寨
柿花寨、建寨
一“寨”一家园
醉深秋

红军井里的水是说话的风水师

井边适宜轻闭双眸
冥想一口甘甜清冽
喝一口家乡井就情不自禁
生出忆往

井里还装满瀑布故事
涌成百米飙水
以胸宽二十米，气势如虹
发射发声。砸下

20
今日的黄连村
被古银杏树群染成金黄
枝叶常来戏水
与梯田稻浪，玉米高粱
绘出丰收图画
之后，“飙水岩”
还有一个名词名字
“白果树瀑布”

飙水岩下的鱼儿
与一年四季凉爽的水拥抱

那双坚实大手见证
一幅军民情深的水墨
泼墨成画

21
山歌在唱，民心在唱
放眼远眺山川秀丽
先辈们守住了家乡的河山
守住了我的祖国
播下幸福种子

老乡说从羊皮寨到黄连全是山路
很险。险
才是红军走过的路
敌人望而却步的胆怯
方为红色之道啊

22
我的黄连村
汇成一首红红长诗
十月的赞歌

李四光之光

“李四光雕塑”手握书稿
我在雕像下任思想自由驰骋
我记住“君子喻于义”
想象先生在乌当考察地质时的情景
荡气回肠

我吟诵李四光先生的名句
“我们要记着，作了茧的蚕，
是不会看到茧壳以外的世界的。”

——题记

李四光雕塑

手握畫稿紙在雕像下佇
回想自由馳騁我記住君子喻
於義想象先生在野當考察地質
時的情景蕩蕩氣回腸家吟誦李四光
先生的名句我們要記着作了蘭的[illegible]
是不會離開堂亮亮的世界的

右錄現代詩一首之李四光之光
癸卯之六月於築學鵬

1
松林里菌菇野味生长的色彩太艳
像一束束花

实在太艳的花
反而让人在心底莫名生起一种担心
也许是我的顾虑太多
或杞人忧天

所以，沿着笃定者走过的路
路，越走越像心灵在回家
尽管物是人非或流水飞逝
也永远能抵挡光亮的小屋

2
更多的认知与故事感
总能让我潜心下来
或转过身子，去找到那些走丢的树与绿荫
包括一万棵松树
与一个沧桑满满的万松阁

真的，如果不是无数个李四光

或像李四光那样对待科学的虔诚态度
今天的中国
历史进程与着笔会怎样呢？

3
答案是
因为历史的巧遇

李四光之光是乌当最美的近现代光环
无法拒绝我们以感恩之心
写一束铭刻心灵深处的地质和冰川

我在乌当握着求真遗风的手
我把一座科学的泰山描绘得很瘦

4
喜欢李四光的满头白发和骨头
瘦骨嶙峋
甚至皮骨翘起

也正是那一位把无数心血和精力
都榨干成一张皮的科学家

却能让无数泥土和石头
在他瘦瘦的额上长出绿草
或复原第四纪冰川

第四纪冰川的存在
该用什么样的方式去举证
论证，辩证
才能浩养沧海亿年

5
我们将中午风景与晚安的门都关上
就想听听最真实的往昔

求真的遗风吹得最久之地在万松阁
我在阁边散养的野草旁驻足
我叫停了从头上飞过的高速列车
我邀来工匠和拓荒者
解读这个小小楼阁

6
聆听楼阁就听见明朝的风物
“万松阁”之阁是先有松树成千上万

眼前这座八角形的五层楼宇早有原名
因阁坐于南明河下游洛湾村
所以叫“洛湾阁”，不奇怪

又因它依山傍水
古松参天、浓荫蔽日、郁郁葱葱
又被更名为“万松阁”

7
“万松阁”依然香火旺盛
尽管无数次被敌军弹药蹂躏

挺拔的故事与祖辈给予的深情描述
常常。我听得津津有味
卧醉万松阁时
我手里的茶杯和亭阁还醒着

我陪着十里河湾站立河边
放眼两岸
青青垂柳密布
与河中鹅卵石碰杯
声音清澈见底

8

“李四光雕塑”手握放大镜
我在雕像下任思想自由驰骋
我记住“君子喻于义”
想象先生在乌当考察地质时的情景
荡气回肠

我吟诵李四光先生的名句
“我们要记着，作了茧的蚕，
是不会看到茧壳以外的世界的。”

9

我坐在渔洞峡岸边的石凳上
我驾一艘橡皮艇悠闲荡漾
我跳入水中畅游
我从不同的视角看见 1944 年的战火
和历史的伤疤

伤疤在万松阁的石缝里长出了青草
让这座始建于明代的主体阁楼
与其左、中、右殿宇紧紧拥抱
让那些彰显五千年东方文明的名字熠熠生辉

四光廣場

“文昌殿”活着
“三官殿”灵着
“毓灵殿”美着

10
我的快艇穿过拦河坝
我开足马力在悬崖峭壁下劈波斩浪
我在两千米长的河道里尽情体验惊心动魄

我还亲手造了一条小木船
我自由体验着艄公与锦囊书童的美意
我要去追寻李四光先生足迹
和他发现的冰臼

万松阁的宽阔是我童年顽劣的地盘
有我读到乾隆皇帝钦定的《贵州通志》里
我找到坐标
“洛湾阁，前临大河，后多松竹，堪称名胜”

我在万松阁醒来
“年少只知多巴胺，成人才懂内啡肽”

11
李四光是一尊活化石
李四光 1971 年恒定于一本离别的书

乌当曾经的万亩大坝就在第四纪冰川的核心地
那年在乌当、洛湾两盆地
两个大坝被云盘山隔开

回放历史
被当地人称为乌当大坝、洛湾大坝的记忆
形成隔山相望而相对独立的格局
两坝合称“万亩大坝”

我站在历史的荒芜里朗诵李先生的感悟
“真正的科学精神，
是要从正确的批评和自我批评发展出来的。”

12
是啊，那年的李四光先生带领全所同志
以万松阁为圆心
向四周辐射
从而确定地质考察范围

一碗艰辛一碗月光
考察过程中的发现远远超出了预期设想
星星点点的盆地
定存着决定冰川构成的“冰蚀地貌”
“冰川漂砾”及“堆积物”之“三大要素”

那年的洛湾大坝、乌当大坝啊
任何一种地形地貌都写在图纸上
等着先生和他的团队察看

无数的论据让李四光先生认为
“贵州高原无疑发生过局部冰川作用，
而且还不止发生过一次”

这个论断顿时引起了地质界的轩然大波
是啊，在地质学理论研究中
是否有古冰川存在
像一份判决书

13
李四光每天都走在南明河畔
他在南明河下游右岸发现

新泥砾片段和残块
他说：一定，它们曾经是连片冰碛的边缘
冰碛被现在的河道切割

所以，地质泰斗说——
“科学的存在全靠它的新发现，
如果没有新发现，科学便死了。”

14
李四光双脚走出来的研究最有说服力
最终得出结论：
洛湾盆地与乌当盆地之间的山脊地区
以及周围
被第三纪砾石所覆盖
“该分水岭由三叠纪灰岩组成”

李先生断言：中国有第四纪冰川
他将洛湾大坝和乌当大坝保存较好的冰川遗迹
命名“洛湾冰川”

呕心沥血啊
为了让全世界知道这一重大发现

李四光 1947 年在《中国地质学会志》第 27 卷上
用英文发表了《贵州高原冰川之残迹》一文

15
时光洗礼过无数日月之后
那一首他写给学生的诗也成了人们
追忆他一生从事地质科学研究的光辉写照

那一首诗被人们记住
“崎岖五岭路，嗟君从我游。
峰峦隐复见，环绕湘水头。
风云忽变色，瘴疠蒙金瓯。
山兮复何在，石迹耿千秋。”

先生不为头衔而争
胸中早已万卷书屋

16
我是在教科书里认识李四光的
徐迟笔下的《地质之光》中那位主人叫李四光

他手拿放大镜的神情被刻画得经典

正是那一副固化的样子给了我们无限的精神灵感

科学家如李四光，不仅能诗会文
且玉树临风
上下诗意飘然
腹有诗书气自华

李四光说——
“科学尊重事实，
不能胡乱编造理由来附会一部学说”

17
我常在老家的屋檐下与天上的星星对话
那颗叫“李四光星”的星星闪烁

我追星星
请星星时不时回乌当这个暖暖的家
看看

“三线”记忆与信箱里的青春岁月

再后来，我们成了最好最近的邻居
傲骄地相互同化

但凡有上海来亲友
定会相约撮餐“黔味”
见证“贵州人怕不辣”的野性

我们一起被辣得汗流浃背
书写大山与大海
同根同源，一脉相承

——题记

1

选择在一个天空湛蓝成想象的日子
装下车水马龙与街边梧桐
装下往返大城市几千公里的行程
去看那些红砖泥瓦

我听见了最动人的一句话
“我们那时先生产再生活，
我们天天想上海”

2

相思泪水常常冲垮大山的阻隔
让连着“一线”的山脉露出海市蜃楼
云涧，雾涧，隐蔽，分散的“三线”啊
让夜晚的美梦变得无数次雷电交加

他乡，家乡，吾乡
是一部动力学或其他
而结局就一个，只有一个
一代“三线人”没有离开
他们的眼睛里嵌着潜望镜的镜片
他们看清海洋世界

他们测出雷达在飞速前行
他们。也读懂乌当活力四射的未来

那是六百年前刘伯温的预言
“六百年后看，云贵胜江南”
今日回望，确是
“浓缩贵州多彩是乌当，有山有水有朝阳”

3
一代“三线”人的“镜片”不说假话
哪怕无数次泪目
也高举人生向上的舞台

他们不需一片滤镜。那时年轻的他们
心蓝如海，情真如海

4
一口上海话的情深
被时光折射出太多太多的酸楚
最后，他们落户我的乌当
我们成了邻居
我们是又近又远的邻居

我的邻居们来自上海
他们是那个时代最丰满的记忆
人人是一部励志书

是他们爱上乌当后告诉我
乌当是水会歌唱的地方
有“情姐下河洗衣裳”

5
乌当的前天“新添”一抹绿
生态绿
昨天“新天”一片蓝
照见绿水青山

邻居们从远处来
他们用瞳孔洞见光和历史
以“信箱”般记忆回忆
从“新添”到“新天”的来来回回

他们告诉我
五六十年代的“新添”是一个寨子
全意：“乌当新增添的一个寨子”

那时的“新天”更小，但神秘
是一个寨子里划出的信箱
“85 信箱”是个区域概念
说有多小就有多小
小到刚刚好装下他们的苦乐

是的，再小的区域恰是一片天地
将一小小镜片
浸泡于高原，搓出大海
去巡视
谁在玷污和平的大海

6
我们是时光考验的邻居
邻居们在心灵深处种植一株铁树

那粗壮的铁树悄无声息地长大
散养多年
却长成无数言传身教的勤奋者

贵州“三线”是个十万人迁移十七年的代词
他们创造并升华出诸多酸楚

干打垒，牛毛毡，山旮旯，家信
构成乌当“三线”的恒温

“上海牌”“小白兔奶糖”“饼干”
想起就馋
折叠出一个时代的印记

7
邻居们最后回上海的不多
他们留在了“红宝书”的印记里
颗颗红心书写在茶缸上
有的至今还搁于自行车架上

那一封封家信啊，在排队等待
更多的，以记忆的方式留存

我在那一代人的心间创作一部长诗
我把那部叫《热血》的长诗搁进他们心里
长诗是熄不灭的火
一直在燃烧

8

那时的山很大，路却很窄
十万人。人挤人涌来

他们读着塞缪尔·厄尔曼的散文《青春》沸腾
青春啊——
“它并不是指红润的面颊、透红的嘴唇
和灵便的腿脚，
而是指坚强的意志、丰富的想象
和强烈的感情，
它是指生命的源头活水的清新之感。”

是的，“好人好马上三线”
换而言之
不是“好人”就上不了“三线”啊

那场景，人涌如潮

9

太多的记忆藏于昨天
被泪水与现实浸泡

他们用双手打开“从无到有”的大门
他们经历门庭若市到门可罗雀
他们应对市场转型的落魄
他们，凤凰涅槃

10
他们从时代的位尊滑进位卑。但
“三线人”从不自卑

他们是一个时代最有奉献精神的记忆者
或书写者
他们献了青春献子孙，献了子孙献终身

直至后来，乌当越来越美了
小小的，新添加的寨子越来越大了
因“新光”而光彩照人
因“新兴”而楚楚动人

11
再后来，我们成了最好最近的邻居
傲骄地相互同化

但凡有上海来亲友
定会相约撮餐“黔味”
见证“贵州人怕不辣”的野性

我们一起被辣得汗流浃背
书写大山与大海
同根同源，一脉相承

12
做邻居的惬意与扎根大山同向
我们在街上遇见时
用“贵州话”开场
一起笑迎天下

我们诠释着“远亲不如近邻”的哲理
我们相濡以沫
我们唇齿相依
我们同舟共济

我们明白：大家都来观潮冷暖时
潮就高傲了很多
我们“众人拾柴火焰高”

13

邻居们最喜欢的诗歌是《青春万岁》
我在诸多场景中听见
他们热泪盈眶朗诵

“……

眼泪，欢笑，深思，全是第一次。
所有的日子都去吧，都去吧，
在生活中我快乐地向前，
多沉重的担子，我不会发软，
多严峻的战斗，我不会丢脸，
有一天，擦完了枪，擦完了机器，擦完了汗，
我想念你们，招呼你们，
并且怀着骄傲，注视你们。
……”

读着读着，我时常心生豪迈
感谢伟大的人民艺术家王蒙先生
给了我和我的邻居们
如此盛大而经久不衰的精神食粮

第四章　谁在溪边客栈溯源五谷

山也，坡里小院的读书季

“山也”和“坡里小院”的月光会转弯
有永不枯竭的梦想

乌当是炎帝用简牍笔记的乡愁
“欣”和“馨”都喜欢
欣是朝阳
馨是温度

——题记

[illegible]

癸卯 [illegible]

1
偏坡在等梦
以为蝴蝶要来
我的手稿过于飞扬跋扈，丢了
丢在一辆白色的车里
钥匙被萤火虫偷走

没了钥匙的我
在一个叫“坡里小苑”的小院听书
我听见聂鲁达和黑塞
诗句把忧郁和黑暗都写成光明
还好，这里有肥硕小溪和丰满鸟鸣
赏心悦目

2
偏坡用文字捋出墨香
压弯花枝
我发呆。盯着月光与小院的野百合
与花对视

我窥见星星和萤火虫
肆无忌惮爬进我的书稿

我们偶遇古银杏树下
见证千年银杏把葳蕤和粗茎交给夏天
倾其所有写下一段话送给路人

3
“人生要么旅行要么读书
身体和灵魂必须有一个在路上”

坡里小院的阡陌比脚下的石板古老
长出新新旧旧
嫩草是银杏树下的星星
研医问药的风景
教人放下和享受宁静

偏坡山涧飞舞的萤火虫独乐
把古银杏铺天盖地的叶当成浩瀚
悦乐星空和你我

4
无数个坡里小院的杏叶盖住秋天
故事金黄成一汪糯米酒

老屋顶着乡愁万里行走
从未丢下布依人的“六月六”
炊烟宁静，山歌袅袅
一幅沾满田埂的油画楚楚动人

5

家安银杏树下才是偏坡布依人的性格
看春芽吐春，夏日风景，金霞染秋
而最让人怜惜的是那些冬枝
被风脱得赤裸裸
也抗着风寒撑住鸟窝
给鸟儿翻飞的翅膀遮风挡雨

也有一种可能
是乡亲喜欢听喜鹊歌唱
挤出冬枝给鸟儿喂足温度
编织一些梦
搁你于比偏坡更偏的小院

6

山也的窗花漫开
细叶桑葚花蕾很密

密不透风
我理解的是它不一定怕风
是担心鸟儿压弯青翠
结盟鸡鸣犬吠偷窥山里月光

在盘龙山跑完步
就得进入读书状态
或躺下。在花事里微醺

7
偏坡和山也是绝美的读书地
画有炊烟
图有耕牛摆尾
田埂牵着晨曦弯弯曲曲
我搁的书在比偏坡更偏的小院
闻墨香馥满

故乡在土瓦里被折叠
偏坡的花事渐微
众芳隐褪

故乡在山也里被折叠时

金银花悄然绽放
家乡味儿折痕溢流

8
读书时光宝贵
如相思河的布谷鸟打开喉咙
老屋藏书却不暴露秘密
“家在何处，何处美醉”

没有答案就是最好的答案
画眉鸟说
过几天我们又来，单独来
打一把伞
自自由由欣赏远山

9
偏坡因景小精致而贵
赞誉丰盈

推门进偏坡就不用回答
“哪里是偏坡
或，偏坡在哪里”

哪里的乡愁浓烈
或刚刚好挤走烦琐
哪里就是偏坡

山也晓籁因活力而欣
筱雅生态大美
如果家安于此。心
一直热
爆竹声声

10
真爱一次艽野不易
我们选择在小苑的书桌边煮茶
那些“过簸箕”“翻木门”布依传统法式
看上去很土
却姓一个“原”字
嵌于偏坡的敦厚清凉

“寻篱原舍”“坡里小苑”都在煮茶
童年还在浅滩戏水
田园依然被荷花簇拥
袅袅婷婷的山也

11
创作一部五千行长诗
素描千年诗意
在偏坡待久了
偏坡就是一幅隶书
住久了
山也是一幅狂草
狂草写“静”
中锋用笔，万物落纸
枯笔之美可听蹄声

在山也让活着的灵魂与清凉无障碍交谈
是隶书写“美”字时
燕尾尖尖细细在上翘
字未搁笔
乐呵已起飞

12
在坡里小院和山也读书
斑鸠站在窗台陪读
我与郊野交替鸣唱

书香告诉我手中的花朵没有弯腰
一抹野性也在书声里张扬
或回归感叹

水被堆成方块
生活被卷去了摄影师的镜头中
换成了“累”字格头像

13
偏坡生长的花朵没有弯腰
交于山也手中
屯堡旧事也慢慢复活
对着霞光微笑
家乡的傍晚。与我挺拔的想象并排

14
偶遇“山也”和“坡里”是一种美
所以，我拒绝一图成诗的浅
思量山坡有另成风景的潜质
叫“水田”“新堡”“东风”

方块“田”成诗

硬或软都渗出菜泥
认知高过“小隐于野”

15
水田禾下藏有书屋
是素食主义者的粮仓
纯色出现时的麦浪，稻香
或秧禾芒种
集大成，一抿嘴
觮秧泡散落
与田埂上的野桑葚联袂
养活黄鳝和稻香鱼

我手里发呆的书在滋养一抹夕阳
水田是写实派
尤喜晨曦和晚霞

16
“山也”和“坡里小院”的月光会转弯
有永不枯竭的梦想

乌当是炎帝用简牍笔记的乡愁

“欣”和“馨”都喜欢
欣是朝阳
馨是温度

17
读书人的气度姓“儒”
那是每一片馨香无数次从梦中惊醒
为“家住乌当”这个创意
举办一场美美的长诗分享会

“家住乌当”不用回答
“哪里是乌当”“乌当在哪里”
那是安放“家”的地方
种出半亩方塘

18
我们去坡里小院读书爬坡
见证一双勤劳的手
在森林里，在山也

露营羊昌花海，与轻奢者偶遇

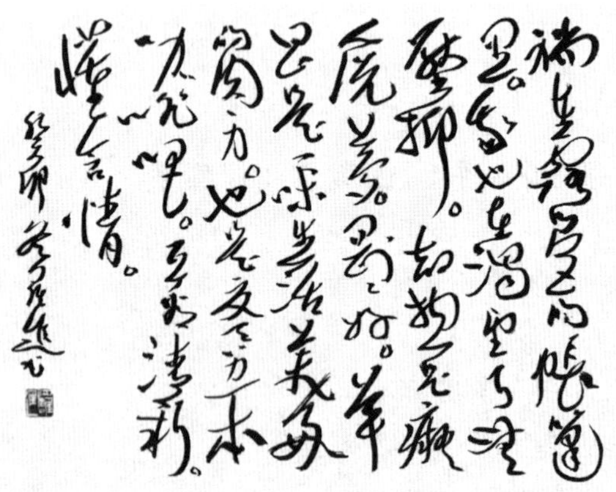

躺在露营的帐篷里
我也在渴望了无压抑
却总是痴人说梦

刚刚好，羊昌是一味生活美好的肉身
也是夏天的另一本咖啡吧
互看清新。懂含情

——题记

1

夏天以诗之名穿上短裙
如我慢慢打开的满目苍翠
从星辰散落到晨曦
羊昌都在怒放，背影透亮

有流星划过的羊昌底色饱满
美痕如唇扭着细腰的背影，活力满满
故事依然从明朝走来

2

芙蓉与紫薇
热带与亚热带
以及东南亚这些异国他乡的花事
落户于此
挤着百事昌盛和雨露生长

花匠手里的犁锄长满眼睛
从明朝，水东，翰林庭院前
移栽苍翠
与万株从大洋彼岸捎来的种子一起
爬出泥土，融合清脆

3

羊昌是一位对着花海躬耕的歌者
直抒胸臆
曲曲歌赞百姓和历史

花儿在夏天走路的姿势更妖艳
如我一直不敢深读的苏东坡
总担心在文字里失敬
或被误读性对号入座

4

红缨子高粱的花蕾无言却有语
瓜熟蒂落后长出密密高粱苗
从羞涩与稔熟，倔强
走进酱窖

秋收总是一直低着沉甸甸的幸福之头
笑迎蒸煮
羊昌的高粱红过秋天
沉甸甸的红

羊昌花海的凤凰涅槃是一部教案

跌宕起伏。教我
用衣服色彩说布依话
轻言细语
领悟花海茂盛

我和花都直抒胸臆
花种繁衍。硕果累累
叹，花已成海

5
我们选择在羊昌露营于花的纬度
屏障宽硕，夜色褪肥
折叠萤火虫和蛙鸣

花梦飞舞成曲线
一杯烈酒能挡住风
风来自茺野

我与夜色交换一首“诗”一碗“酒”
只为留住在羊昌的每一次美好

至于星星和夜晚

在诗行中行走了多久或多远
洒脱即安

6
惬意之事是分享房车隐藏的窃喜
拉开门帘听风报信
也许有一只蜜蜂偷吃花蕊

羊昌满是花蕊
空旷草坪撒野的部落
野奢，闲逸，山语，风落
融入山河之原
底色是缘

我躺于露营的床
将日子掰开
递给月光喂养的萤火虫

我捎给隔一条溪流的露营轻奢者
让锦书万言与我的静
独白

7
火车一样的挂车装着世界
一人的，二人的，一家三口的
都在抚摸雨声

我们就在露营帐篷里听野雨吧
雨很顽劣，下了一个通透
遮住夜晚的所有对话

8
在露营帐篷里听雨没有隔音墙
也无所谓隔壁是否有耳
最好的雨是野雨，一直下
从窗外理直气壮地闯进来

9
羊昌的秋天更高
我们在秋天吹灭路灯也不冷

我们在星星的夜空下点燃一支艾条
大吸一口气
想象远山梵净

家住乌当

始觉人间

躺在露营的帐篷里
我也在渴望了无压抑
却总是痴人说梦

刚刚好，羊昌是一味生活美好的肉身
也是夏天的另一本咖啡吧
互看清新。懂含情
山也，酒也，芁野，埜也
通宵达旦。辣人

10
我们在帐篷里朗诵
“清川带长薄，车马去闲闲。
流水如有意，暮禽相与还。”

这里是王维的星空，日出
还有晚霞，山谷与空旷
桂花树的花蕊
与月亮打着招呼

11

有一种浪漫在羊昌花海淋漓尽致

喊声爱称就是一张通行证

爱称喊出时

如体验城市被噪声挤得过密的路径

12

花海引路来

羊昌左脚一迈

明（朝）风＋民（族）风＝名（声）风

羊昌远离喧嚣，却又离城不远

恰是乌当的羊昌与情真意切加持

宜居宜业宜游的口碑涨潮

埋植一片肥地

绿裹空旷

13

轻奢者是从野奢里精挑的选手

刻一个名字叫“和”

“和行天下”之“和”

是一个房车露营基地的爱称

在羊昌喊爱称或乳名
要
声如洪钟
再
音韵与风景
完美成星宿的另一张通行证

14
羊昌故事，有花有草有青春
才是与带刺的时光结庐为庵
山屿栖地与童溪梦田
一叶枫香红成家乡

我们都从明朝走来
老屋长出的带刺板栗与你我
选择结伴明朝
享乐花海的故意或精心安排

桂花树继续挂出酒
诠释车马喧哗之外的宁静

妙，妙趣横生

15
画卷里梯田是大地母亲折叠的纸飞机
飞一会儿就轻轻降落

羊昌生态好如群山延绵
我鼓着勇气走进知青老屋

我是童年的飞行员
看见的每一片花海披着绿衣
一瓢古井
碧绿所有思绪

16
花海中的旧厂房还在
它们装着辛酸史
轻轻一翻开，无数故事
泪满纸墨

我们一边读诗一边靠着红砖墙思考
并有感于乐在农耕的溯源

我也学知青岁月
手握一支笔
却写不出一个完整的知青故事
无论。时光何等姹紫嫣红

17
家乡里的每一只萤火虫都在努力长成星星
然后，摘颗星星给孩童
萤火虫在我的夜晚就开始成长

萤火虫从知青老屋的红砖墙飞出
穿过薄薄秋霜
和黑黑瓦层
告诉夜晚
长长黑夜里每一束光明都是一世界
外面的世界

从羊昌逃走的萤火虫长大都成了星星
只是，时过境迁
星星做梦都想再做一次
童年的萤火虫
飞舞花海

18
勤劳的乡亲在羊昌
他们穿过星辰
早早出发
就为给城市最鲜的露珠

我遇见一排排绿绿蔬菜已踏上去城市的路
摩托车笑着往前开
车轮撒欢转动
早市的蔬菜或叫卖声
将风景换进乡亲的钱包

回流。我还看见返回的摩托车队
有新颜
一箩筐又一箩筐

19
羊昌的小径里铺着的花已成了海
我撬开明朝青石板。见到
光滑的一面
或，另一面与藏着掖着的多面
无数明朝马蹄奔腾

河灯就要敲开中元节
一杯烈酒固化的青砖白墙
全部埋于青石板下

明朝那些事儿很远又很近
每一截之劫均有偶然或必然

20

我躲于羊昌屯着的小巷
蹲下，久一点
闻见丹桂飘香时俯下身子
就听得清与青石板有关的各种表达

花海里的可以沉下去看
花海下四面看花
灵感回炉

泥土有无限设计感
将这个从明朝走来的古镇
以高过花海之历史纬度
高潮迭起

21

羊昌给自己扎了一个丰泽的堰塘
偶遇很美。将整个高原养成花海

羊昌的动感堆积
活力乌当和她独有的温泉
荼蘼不败

我在羊昌花海握手躬耕歌者

品王岗，很庖汤

有美食的地方就有文人墨客之饕餮
我见证王岗掏一张发黄竹浆纸做的名片
交给人类

食欲食色食谱全盘托出
庖厨入画
生动，超凡脱俗

——题记

有美食的地方就有文人墨客之饕餮我見証王尚掬一張發黃竹漿紙做的品味文給人類食欲食色食譜全盤托出庖廚入畫生動超凡脫俗

品王尚掬庖廚詩一首

歲癸卯冬月於築左耳

1
在王岗吃庖汤总是月琴先醉
我无数次问
是谁挖空缝隙
装岁月悲情
沉淀月琴四轴四弦之声响

明朝说，人生醉了就认醉
莫需哼哼哈哈
不变色。更别颐指气使
一抹童叟无欺的真诚
才能细读明朝

2
杀猪匠的围裙是童年记忆的大块猪皮
厨师阿爸还是月琴演奏师
他在宿栖露营地弹唱
展演技巧丰富

时光已久远，我却深深念想一个村落
煮一锅庖汤
为乡亲们的烹饪竞技与手法喝彩

阿爸围裙上面有磨刀的刀痕
深深写照六百年王岗烟火
阿爸不老。寨子六百岁也不老

3
在王岗让一个诗人作家修改生活的剧情
多与“吃”有关

我行走俏俏山寨
沿后山茂密的映山红爬去山顶
豆腐坊，大灶台门庭若市

王岗如阿妹手背上的萤火虫
会撒娇，与田埂上的每一个蛙鸣之夜
星星闪闪

4
王岗的萤火虫也是吃货
依附阿妹右手背上
四处点菜谱
色香味俱全

月琴的长轮与扫弦听着月光
隐隐闪现月光之下
我看见阿妹指尖倒映于秧田
进进出出
与从容于手臂上的萤火虫狂欢

就连遇见无数蛙声
也了无拘束

5
绿水青山是想象生态中的苗岭
草，露珠与风物淋漓尽致
热闹背后
藏着庖汤太多的悄悄话

王岗的猪羊舔着月光成长
陪伴月琴不孤单
听舞蹈如木板凳的凳面相击
“吉祥如意”“风调雨顺”“五谷丰登”
酸梅汁般流淌

6

“去王岗吃庖锅”是一个活力故事
绝对是吃货顶级吃法
至于月琴、板凳舞与吃货之间
有什么样的必然联系，或其他
那不是素食诗人之梦

我在曲曲板凳舞罅隙尽情想象
娇姿淳朴，健壮勤劳
“垂白杖藜抬醉眼，捋青捣麨软饥肠”
与“庖锅第一村”的故事
太吻合

7

“去王岗吃庖锅”是在拼福力

“吃”的故事诗意成一条阡陌
如民风淳朴与富而本真
与乡村舞蹈
天天过节，迭起高潮

生态连着身体

那是禾下瑜伽酌满的肥酒
站在王岗簸箕画里吃庖锅
画花鸟一起醉

8
王岗的土猪肉在簸箕里滚动出鲜嫩
思索画意与风景如何走心

我说那是“民以食为天”
艺术家说那是 20 世纪 80 年代中叶
村民抬簸箕画搁院坝
太阳一晒。食香扑鼻万里

人生最好就一锅白水
丢下鲜肉姜片，煮成庖汤

9
游客说王岗的汤锅是从画里抬出来的
抬之不竭
外加上簸箕乐意

于是，那智慧乡亲的夸张手法

禾下乘凉时乐起的瑜伽
和画笔描绘出的布依寨炊烟
与画中固有的传说
都没有离开过肥酒

10
夜宿王岗静享阳雀敲门
王岗故事与风情都是生活场景在还原

奔放与想象在米酒里浸泡
想象会引你走进更多想象

于是，家安于乌当
或日日品读王岗
是另一种动人与动情

夜游王岗会与斑鸠偶遇
花蕊站立池塘
享受阳光摇
从鱼池偷来的自由摆动

水，墨香，心情，闲暇，倾慕

融汇
惬意于一锅庖事经典

11
去王岗不远
或，再远也不远
鲜果是去王岗路上扎堆的欢声笑语

一说去王岗，总是胃和味蕾先到
从南明河出发先听一路涛声
从新添寨起程饱览一箩筐鲜果

12
去郊野的路宽宽直直
乐乐湾湾
路与秋梨扎堆微笑
鲜果是去王岗路上不停歇的欢声
连荷塘里的睡莲
也烟火味儿十足
微风一吹就如浪在奔跑

王岗是一味祖传食药

青山翠竹筒车水碾喜迎四面宾朋
风情美食布依米酒醉倒八方来客

一味远古，与一秘方祖传
疗养与食药，水东土司六百载
屯过明朝兵荒马乱的砂锅依然完好

13
有美食的地方就有文人墨客之饕餮
我见证王岗掏一张发黄竹浆纸做的名片
交给人类

食欲食色食谱全盘托出
庖厨入画
生动，超凡脱俗

在王岗听得见祖上的口传心授
余音黏住最牛的硬菜“花生米”
记忆丰盈成“盐菜肉”
肥而不腻

祖传味蕾本真
在一口土锅里“翻江倒海”
滑进童年，野花满山

14

王岗的“庖”分文武
“武庖”爽成一首诗
比文庖花庖浓郁直接

泉煮四季火热
霜，雾，露珠，乡音，梦呓，疲惫
与月光一锅翻腾

庖锅在王岗聚成流光溢彩
点燃布依阿妹的眼眸
歌喉在锅里猜拳，胜过翻滚米酒
“三盘四碟八大碗”咄咄逼香
越发生香

15

不论清醒、微醺，还是大醉
进出王岗都要做出流年笑掷的准备
心里堆满的心事也要说出庖锅情话
谧香鲜活

王岗是一个“炖”字的缩写

“猪脚炖金豆米”“红烧肉炖豆腐果”“炖猪皮”
“排骨炖萝卜”

王岗的素味相得益彰
“烩粉条”“素煮南瓜”
“素豆腐”“花糯米蒸饭”
摆放成一桌花
最，最，最中间那一锅“布依杀猪饭”
乳名“庖锅汤”。是乡愁

16
王岗旧事姓“堡”
轻读“屯堡”意不尽

“屯”意浓郁
是因屯兵屯粮屯酒屯民意
久“屯”不散

“屯”与“窖”皆动词
区别于“屯”加“火”成“炖”
边屯边吃。胃感
而“窖”是封存多情

苦苦窖藏，弥久弥香

17
“王岗庖汤”的吃法引领一个高原的冬天
“屯”出的食谱也是撒手锏
星星炭火点燃白露为霜

故事，乡愁叠加
燃起炊烟

宽宽乡脚在王岗越鲜活越乐呵
乐乐呵呵
如我每每往返王岗的亲朋
轻读“屯堡”时就有了语感
扑鼻而来

第五章　温泉，乡愁与逸情之隐

温泉城念想

温泉是养身的汗蒸
撑开人类梦想
让呆滞的细胞起死回生

我们都在太阳正当时
轻盈地站直于纸和嘴上
追逐秋景
奔跑的娴熟是要进入冬季

——题记

温泉是養身的汗蒸
撐開人類夢想讓呆滞
的細胞起死回生我
們都在太陽正當時
輕盈地站直於紙和
嘴上追逐秋景奔跑
的嫻熟是要進入冬季
右録温泉城念想 竹強

1

渐渐冷了，我撕开黑夜奔跑
看见温泉在梧桐树下的雪地里发呆

发呆的文字在读一本诺贝尔文学奖的诗集
诗集的断句有记忆
记忆里的童年和雪儿激荡
最美的遐想如紧紧的风，还惬意

2

肯定是一汪水之源
总是在很多值得回忆的大山里种出童话
而最不能忘记的执念
是我坚持每天发送的“百看不厌”
或风景
从一汪温泉里冒出

《山海经》记住一汪温泉潺潺
“一日方至，一日方出，皆载于乌”

那是每天当一个太阳回到树下时
另一个太阳就会升起的寓意和诗意

3

太阳下泡温泉的最佳时刻是秋意浓烈之后
遇雨，慢慢加厚衣服
开始念想
一汪泉水裸透

家门口的温泉从心门口加热
即使，想雪或见到雪也不觉得发冷
如鸡鸣犬吠的体温
在绿油油的嫩叶上滑过枫叶
赏乌当。活力打着滚儿

4

乌当让我们在初冬靠近时拧开宁静
晒出期待，依然
时时以眼中之炙热思索

5

太阳决定白昼
而乌当之“乌”为“太阳”
“当”。正当
全意是“正当太阳高照的时候”

如此时此景
落于御温泉的枫叶

我奔跑的方式如刚刚从池中烧开的追逐
我在水里看见的山没有背面
树叶红遍整个山涧
红红的杜鹃花被温泉泡得软软

6
乌当温泉的泉眼过密
每捧一口都是热乎热乎

在乌当泡一泡，就给月光腾出一条路
乌当的月光慢慢走进水来
然后，我看见水里的波光被星星舀起
星星成了萤火虫

也许是乌当过于人杰地灵
亿年的储蓄静如禅意
与人类无数次融入
谈妥人水交融

于是，我在孩童声声尖叫中
交出画面感
交出自己

7
温泉是养身的汗蒸
撑开人类梦想
让呆滞的细胞起死回生

我们都在太阳正当时
轻盈地站直于宣纸和水墨
追逐秋景
奔跑的娴熟是要进入冬季

初冬像初次吸烟者错装了他人的打火机
羞羞涩涩
火机自己不知，烟者却心知肚明

8
温温泉水的力量与细腻超常
水利万物，润物细无声

我安静地听着细水长流
风景醉秋于根，哪怕下着雨
室外，窗外，露天
皆是泉在洗泉，也洗人心

所以，与温度，温泉有关的人和事
要么亿年造化，要么千年树人

所以，我们不欺负温柔的水
看似不温不火的情节与景致
微微蘸红我的乌当

9
家住乌当，就有无数人告诉我
乌当最美的季节是春天
梨花与杜鹃争艳
红白映春

而最柔情的季节是冬日
当然，秋在内心总是拒绝冬日

哪怕浓雾之后有一丁点儿阳光

山也骄傲，山说
闲暇时偶要赞誉一下自己的背
背面之水如月光洒金

月光下，轻轻取下纸做的面具
慢悠雅闲
欣赏温泉水泡着的冬景

10
太宽的高原与太宽之温泉湖面
自己看不见自己的背面

那是络绎不绝的垂钓翁
知这里水之清澈与生硬，有活有甦

乌当温泉的调色盘养出每个人的感受不一
那些亟待言语表达的码头
也许已逃离感受

大山的包容度没有给汛期涨潮举证
几乎不把这枯竭的水季放眼中

散养的文字在坚持
在情人谷大山里游出灵感与动感
至于束缚，至于标本式的栩栩如生
都在靠近死亡的温水
码头在挣扎，涟漪潋滟
起死回生

11
湖在泉中不分白天黑夜爬出的魑魅魍魉
将岸啃得千疮百孔
如初冬的每一阵风准时映射出困境

泉在守水田
泉在亲吻新堡
太闭塞的声音之高低起落，与呐喊
如山里的棉草籽黏人

蒲公英啊，你飘荡的轻盈
轻轻落于水温
香纸沟纤细的码头
出奇的静，与白
没有一点声响

12

泉水的不停息与不枯竭
告诉我们
夏天的光照有时很辣眼
有时又太暗

太暗的时光里
乌云甚至会把清晨也拉入夜晚
所以，我在泉边的跑道上
想跑又怕踩着雷

据说，山里的雷和闪电
都有点野
却被时光煮温柔

13

泉城乌当的水最终成了良药苦口
治愈一种说不清楚的挫败感

我们从未向生活妥协
春天的权贵与岁月羞涩
在水里不是一本说翻就翻的书

是的，我的脸上挂不住汗水
可能是皱纹已塞满心事
幸好有一汪温泉融化我全部的乡愁

14
是谁丢进一块闪闪发光的故事
与白噜噜的春天
被那汪温泉构图成一幅记忆

我们是幸福的，我们
在大山里享受着空气之疗
在斑鸠的巢穴边
或听见阳雀用力尖叫的尾音
抑或是正在打开的告别
让眼前的水变得扑朔迷离

15
散发热气的泉水情不自禁地飘飞
最后化成了雪白的雪花儿
鹅毛一样地飞
或落于一块坚硬的石碑上
我会问，是谁在听雨

听懂说话的雨
与雪的风情万种

雨是语言的另一半
如鸟儿叽叽喳喳霸占大山
鸟儿为讲清曾经有过的故事
却。忘了季节更迭

16
泉池边的野花不饥饿
野花自由开放的热度不用蹭
乌当花开满山，满山温泉

花瓣在泉水中游泳的样子很缓
花茎流动如此鲜艳
一语不发，我知道止语是善良的
如花儿的无言微笑

山说，人心轻轻一浮
水里就有各种想象和可能

17

时光真的很快
如万象温泉与旅游度假的一体

两千多米的温泉水源在深热水层造物
对人体有益的那些元素
偏硅酸、锂、硒、铜、锶
碰撞成高达 57℃的水温

我在出口处取出童年的鸡蛋
已被烫熟
我的脸蛋和竹叶青一样青涩

温泉城的乌当老百姓，很善
语速里有蜜和玉米
无论走多久
我也感觉不到饥饿

18

在温泉里我无法入睡
爱得有点过
熟悉的埜物在梦里开出花朵

结果，推理，风景
都是李四光的地质学
无法离开第四纪冰川的那些冰臼
大大小小的冰臼里尽是天然
天然温泉啊
如孤坟埋着仰望者的灵魂

19

家乡杜鹃花的笑声魔性
是一个冬天都从温泉里泡开的种子
或这或那都前仰后合

温泉的花瓣落于小溪
点燃儿时的渔洞峡
油香袭来

野葱还在疯长
一把野葱在田埂上滤出乡音
那是明朝月光挤丢的银河
裹一层手搓糊辣椒
蘸乡愁，老香
还差折耳根

这些景致是从温泉里站起来的时光
满足感正是人间烟火

20
温泉边上的春芽站得直直
提神之气与激情
逼人一醉通宵

睁眼入夜直到天亮是幸福的
有大脑里鸣叫不停的雀舌相伴
太干净的水。春天的花朵都认输

21
温泉乌当是一壶泡着冬天的明前茶
不软，不偏，不倚
与灵魂一步之遥
刚刚好

乡愁百宜

百宜的秋天在瑯環书屋沏茶
尼采的柴火、砂壶与咖啡
与一夜苦耕之浓郁，是我和家乡
在星空里对话的酒

老师的教鞭是神鞭
童年那些雷霆万钧的花事与蜜汁
被辛勤蜜蜂织出春意

——题记

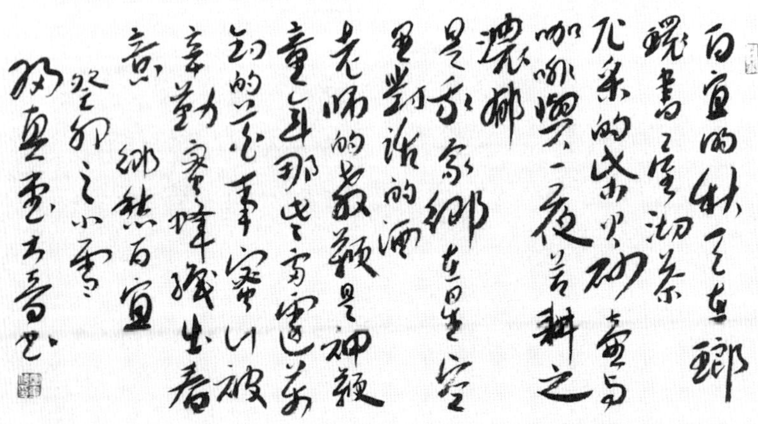

1

去百宜的路很远
那天是周五
我们走了整整一个下午

周五下午被秋收画卷包裹
秋瓜妩媚
一半小果惹另一半花开
像春天丰盈可爱
荡气回肠。一个劲儿荼靡

2

我在中秋之夜缝补阿妹的大月亮
下雨了，中午的太阳雨
可能是天宫在洗月亮

你我举起空樽，等
沐浴更衣的小白兔翩翩而来
爬上阿妹的盛装

阿妹说，过节了我们回到百宜
你一杯，我一杯，我们喝

月亮先醉

3
金色的小寨子
我以为是竹林和花海的老家
走啊走啊，一路田坎一路秋瓜
一路酡红辣椒牵手一路夕阳
还有一路蝉鸣
一路丰稔。秋景图

乡亲告诉我说秋瓜肉紧
刀功之人一个遁形会切得更薄
薄如乡愁的蝉翼
发声时，嗓音天籁

4
深入山沟。越挺进
导航的眼睛睁得越大，导航没认错路
是我反复质疑
离城市这么近的小山村
还有如此深闺溪流

溪流喜乐闲逸
养鱼虾
与飞舞蝴蝶各自驾车
反复确认。在一个陌生的深山里
会不会有猛兽
蝴蝶说，“嘿嘿，嘿嘿”

每一次冒险，我都相信会云开雾散
有惊喜蹦出。但
不相信有猛兽现身

回老家时，常常把周末装进后备厢
酒是武松的代言
我背着敦实的车厢进山
肆无忌惮

再说，家乡的野禽全认识
我们以熟相欺

5
乡愁是发生在家乡的红色事件
一场“阻击战”印记

发生在老家方园十五平方公里的小村里
彭德怀元帅亲临一线
坐镇指挥红军三个团向敌人开火

那日，1935 年 4 月 4 日
高原春天很冷。倒春寒

战斗是为掩护红军中央纵队穿梭
小小村庄烽烟四起
参战人数上万
砍杀声在史书上反复陈述着一个真理
“得民心者得天下”

家乡被写进史书
我是“百宜阻击战”祭奠者
那是红军佯攻贵阳的得意之笔。那
是毛主席“兵临贵阳逼昆明”之“落子之战”

6
家乡的百年香梨
化渣快，肉白
只是，我的红军亲人离开时

梨花才开放

去百宜的路要经过红军坟
与一座红军烈士纪念馆距离不远
镰刀铁锤在山里定格
英雄热血养活无数瞻仰者

我打开后备厢
我取出酒，洒向一束束白菊花
一路染红

7
去百宜刚刚好是一个黄金梨的距离
满山遍野的风被格桑花摇曳
黄金梨之妙在汁如水晶，皮显金黄
化渣如蜜

家乡喊乳名，尤其童年
再远也近。一声“毛子”“冬冬”
斑鸠，阳雀，小路，田坎都认识
蝴蝶争先恐后
起伏飞舞给我们开路

梨，在等我们回家
野花。一语不发

8
把家乡用美好的文字丰盈
却苍白于不计其数的回家“理由”
毫无声息的回家路

乡愁在心中燃烧成炊烟
百宜有血脉和祖先农耕年华
那里有我献过无数次花篮的红军坟
那里有我走丢的小画书和放牛脚迹
那里的高粱熟了，稻谷黄了
风簸煽出糯糯果香

那里有太阳陪着阿妈堆砌的秋图
梵高也痴迷
搭起回家的天梯
理由无数

9
乡愁里的肥沃土地种着高粱

童年遇高粱后会写很多很多作业
文字，和我正在老去的脸庞
都学高粱低下了头
沉浸于自觉矜贵的暂坐

我思量，再过一阵子
我们都会被洗涤得干干净净
在一个窖池里，发酵
最后也会变成祭拜天地日月的骰子

故乡不止一个“酒”字
也不完全就一个“醉”字
而是一排站着朗诵“兴观群怨”的知己

读一部乡愁史诗。叹息
人类，都是故乡过客

10
故土长出果脯
那是秋天的另类表达
有刺。却依然是梨之果类
教我说一些刺梨的话

乡愁是刺梨的一万种可能
还有一种可能
是它和梨花在一个季节开放
白白净净

乡愁是存放于百宜小学的琅琅书声
一湾民心桥上记载“荀子”来过
“性本恶”被桂花和九月举证

割猪草的山娃哭泣过
在襁褓打翻天空时撕心裂肺
也如崖边花朵煽动香艳
色香味全

11
百宜的秋天在瑯環书屋沏茶
尼采的柴火、砂壶与咖啡
与一夜苦耕之浓郁，是我和家乡
在星空里对话的酒

老师的教鞭是神鞭
童年那些雷霆万钧的花事与蜜汁

被辛勤蜜蜂织出春意

“劝学”“礼法并施”等等
继续在夜灯里打坐
抬高眼神促膝于茶杯里对话

我和我的童年
跟着出山的足迹一切顺其自然
让脑中来去匆匆的马蹄
与舟车劳顿
馈赠逆反期的岁月
让我对拍打在身上的童年教鞭肃然起敬

12
读书时光很柔
如一台宣纸修葺的轿子
让训诂之苦与幸福理会同时抵达

黑白照在远方点燃乡愁
每一杯高粱酒都浓烈成担忧
你在哪里？我在等你

“拐比”“拐吉”“拐九”
从布依语音译而来的村名
挂着百宜的杨柳与溪流叮咚
那是风铃舞风的家园吧

峡谷有仙气娓娓道来
想你的泪水细长
滴在黑白照上面起了斑驳

13
栖息大河、冷冲河、哪桑河、洛坝河
河畔是我走过的影子

纯诗意的田埂一直在提醒
别耗完所有精气神
别让锐气与风景在纸书外徒步太久
每一页都会干枯，有黑光

也许是后话
所以，我常常在回百宜路上
咬自己的手出血
面对逆生长的狼毫揪心

崽啊，如果你离开家乡的味蕾和书帖太久
万物之春就有可能花开彼岸
如默念“一日三省”的我呆站书台
很久，却写不出一个“孝”字
“悌”也写不出来

14
小院种满翠竹
翠竹成林。老父亲手粗
捣鼓三下两下
翠竹就成了搁浅家乡小河的竹排

父亲的米酒无城乡之别
时光枷锁锁不住酒后的样子
一面招风之旗是我
也终将溃于风

家乡竹如风之信舌
讥笑世间廉耻
也预言
越过枯萎时满含春雨的苦涩

曾经的豪言成了一把孤琴
被真实了一辈子的父亲念叨
“活着，就要圆润”

15
离开家去寻找生活
父亲告诉我
生活最简单的样子是与自己相处

在“喜则和而理”与“忧则静而理”之间
错综复杂的阡陌吞进肚里就好
溢出“我是谁”

上帝赐给父亲的儿子来报恩赓续
本意是辞海里的人间答案
却听见“我又不是谁”

家藏不住隔夜阂
吸一口气，化解那些因错而错的争执
童年都长大了
在大海里实现自我
是一道勇者风景

16
故乡小。却无鸡毛蒜皮的嚼舌
故乡犹存母亲站在村口
一半祝福一半敦促
去拼吧，跬步积千里

老屋后的银杏叶正在走进深秋
靠近屋檐的篇章开始金黄
最真实的家园
系着“母忧儿行千里”

埋在心里的家园无“穷”无“富”
闭一闭上翘眼角
默诵“儿不嫌母丑”的续章
一句词蹦出“谁不说俺家乡好”

17
我们各自脸上写下不一样的颜色
百宜方言很方
生态成良田富态

我在老家捋出无数蛙鸣

稻香藏四季
深深秋景在给家乡解绑
渡劫方言煮已之快

世间冷暖一目了然
挤出满足感。浓郁
有思有在
与风水同向生香

18
山村有道
却无法满足冬季的冷漠
道很窄，也从未质疑炊烟葳蕤

听见家乡的枪炮从松尖上过
浓雾里过
欲让枯萎与站得笔直的无奈闭嘴
我却要为他们呐喊

是的，有恶魔的夜晚
已被枪毙
留下的六名无名红军战士的忠骨

开出菊花朵朵

19

家乡风景被揉搓进柴火灶
花是坚强的
枝丫也是坚强的
风的来头很尖锐，很急
却压不弯太阳下的辣椒花
直至被煮成悦喜粉红

百宜的辣椒花一边结果一边开花
自由得像遇见诗人
“若为自由故，两者皆可抛”
也犹如一年四季都在旅行的乡愁

辣椒盛宴是乌当金黄的底色
花期又长又潋滟
陪伴万物春色的晨跑
还火辣辣，全盘托出

方聪与一座纸浆博物馆的艺术普世

人生哪怕就一次
有缘在博物馆见到饿瘦的主人
或遇见方聪
定能感觉他背在后面的手
拧一壶老酒
在等豪言壮语

方聪与他写实的画一起抽象
让后梳着饿瘦的发髻
瘦成才气
他用自己的鸭舌帽追画
他要盖住那些从他内心流出的鲜活

——题记

人生哪怕就一次有緣在博物館見到餓瘦的立人或遇
見方聰定能感覺他背在後面的手擰着一壺老酒在等
着豪言壯語方聰與他寫實的畫一起抽象讓後杭着餓
瘦的鬍鬚瘦成才氣然後他用自已的鴨舌帽追畫他要
蓋住那些從他內心流出的畫

大练 方聪与一度安徽博物馆的艺术 昔 癸卯寒月 大练

1

香纸沟是乌当喂养的低飞燕
姿态阿哥
靠近两千年前的造纸密码
一匠一意

燕子在香纸沟浅飞
给我引路。美好地遇见方聪
方聪道骨仙风般
集画家，雕塑家，隐者于一生

2

画家？雕塑家？
复制性的？模仿性的？呆板型的？
无逆反性的？
方聪说，“无创意的艺术家天下有一位就够了”

方聪与山一样豪迈
我见证了和他因遇见而雅逸的交往

3

在寂静的纸浆博物馆遇见主人

与主人煮茶是件趣事

我闲暇时煮米酒和山茶花
抿一口就醍醐灌顶

总是，沏完茶，我们莞尔一笑
一碗纸浆色茶汤递给时间
沉淀，漫塑纬度

4
方聪思考惊悚
手里文字能为五千年文明创造出多少
不同于他人的新鲜

所以，方聪直言“农民是最真实的艺术家”
这些在农村烧给死人的纸
从人间走到天堂无人知晓究竟是什么样子
但一直燃烧的激情是一部普世

5
方聪杞人忧天
方聪说，模仿来的西方美学没有根

今人越学越怪胎，几不像
如果 DNA 不对，何来传承啊

我遇见的香纸沟的竹
都姓方
方竹的“方”，刚正不阿与方方正正的“方”
根深叶茂从大山里长出

6
方聪师从泼墨大师刘知白
方聪日勤功课
用手中柔刀植入墨骨
复原所有想象

我盯着方聪手里的刀
那把凝固纸浆温柔的雕刻刀

他吹一口气就遮挡了山里风雨
刀在山涧游走
削平世间与晨雾起伏

方聪给史上先贤和传说建造无数骑驾

野性地战胜魑魅魍魉

7
大山里所有的动物都被方聪养在纸上
散走于他的纸浆博物馆
吮汲天地
化山泉精酿成地标

方聪不善酒或之前有过多饮
纸上种花草翠竹
笔墨养虎
哪怕偷窥一次
也让人惊心动魄

方聪的视觉梦境里有虎影出没
动动手，几笔就勾画出
与文字同样活灵活现的水彩
绚丽，鲜明，清晰

8
那独特的水墨有虎脾气
写实爱画如命与喜陶如醉的自己

方聪率性
所有度藏于腹心的依然
落笔即活

方聪牵着他自己的老虎
自嘲多，真性多
复活，或想象虎啸
虎虎生风

9
方聪的每一幅画都是自己的心无旁骛

是他在蔡伦一年四季造纸的灵丹酒曲里
等行云，畅流水，或痴痴放养
一气呵成

方聪给鸟鸣恶补美学
在大山让出的栖地里为沉潜的诚虔者
或创意者
磨墨，泼墨

10
方聪搅拌竹浆的手胸有成竹
满脸竹之气节

方聪说，讲真话画真画的自由是父母给的
所以每一次腹稿先给自己定下“真假”
然后动笔，抛己于九霄
是啊，这个世界正如方聪所言
“文盲已无而美盲尚多”

11
方聪绘出香纸沟绝美四季
对话柏拉图的那一束光

复活过卡夫卡的《变形记》

方聪刀锋气血勇猛
洒脱直言

我遗憾没找到
方聪给他自己的纸浆雕像
也许，马蹄送梦来
还在路上

12
方聪点燃香纸沟
燃烧千年马蹄
踩碎世俗

读方聪泼墨，嘴里一根粗骨刺站起
释怀的最佳模式是视角多维
也就不缺失对风花雪月的多重解读

13
方聪的画让人瞬间明白
画可以是古诗文里的自然美景

文字无声。却
可以吐槽那些堆砌辞藻

如方聪手里那把骑在马背上的剑
刺向空洞
方聪生性有画笔骑马的本领
浮想联翩
并享受着骑马与圆过的儿时之梦
定格一次次骑马与成长华彩

14

方聪养的马每天都在行走
行走于香纸沟阡陌或羊肠小道

马尾甩得圆圆
双目炯炯有神
也如方聪双目

我不懂画
我坚持与方聪聊诗

以诗遇见方聪是一碗烈酒与浓墨
醉不认输。所以
我们聊诗时只说远方

15

方聪对纸浆博物馆门口的溪流说过
“被大水冲来的石头都圆融了，
只有根生于岩崖上的石头还比较方”

聊着聊着
我在一幅幅纸浆画背后闻到水香

方聪画里藏诗
粗细随心
以至于至今不知道方聪先生写诗与否
其陌生化与行为艺术创意
创新或质感
被他捏成画的诗感
定睛有神

16
方聪下笔收笔表达犀利
他说，那些因嫉妒心吹灭别人灯的人
最终一定是灭自己
做人作画均用中锋行走
诗画方能同气度

色彩，我似懂非懂
方聪说“那就给懂的人懂吧”
像诗，同根同祖

17
人生哪怕就一次
有缘在博物馆见到饿瘦的主人

或遇见方聪
定能感觉他背在后面的手
拧一壶老酒
在等豪言壮语

方聪与他写实的画一起抽象
让后梳着饿瘦的发髻
瘦成才气
他用自己的鸭舌帽追画
他要盖住那些从他内心流出的鲜活

18
我追着方聪的手纳闷
一条纸浆沟壑
为何被演绎得如此柔软

方聪在幅幅画里安放水车
溪声碾纸。在
被诗养肥的香纸沟与竹芽青涩间
镶嵌竹浆血管
给竹浆更瘦更扁的理由
直至复活

19

纸浆在方聪的博物馆里想象
主人方聪却一直渴盼
将发黄的纸浆摇醒
摇成体温色，或墨色

方聪在一座山里摇醒发黄的纸浆
是的，香纸沟的纸浆挤成一条河流
水车不晕
与转动的齿轮咬住水力学
静养，咆哮，重生

最后的镇定让无数阵痛与喧嚣
被巨石碾压
甘之若饴

20

香纸沟的纸浆生性发黄
竹沉淀，与两千年的时光凝固
解读权或空旷感属于方聪

“问水之东”是一次心灵与纸浆的对话

历练矢志不渝
后来我明白
是方聪给了香纸沟构图与无限想象

21
方聪简明扼要地做着把香纸焐热的意愿
焐热了，不舍放下

于是，我徘徊在纸浆博物馆门口
闻到的空气满是舍
与略有的迷糊
空气迟钝

22
每一个人推门进馆如推一座大山
写实的，不可复制的，抽象的，青铜色的
蜂拥而至

进去时总会遇见主人
他说他每天都干一件经典的事
“伙夫，把家里烧得通红”
他在烘烤香纸沟

特别是在冬季温度下滑的时候

23
无数参学者留言
方聪“纸浆浮雕艺术”有根

根植于“水东文化”
于是，多年了。活着的艺术
行走于布依族文化与汉文化相融的康庄道

方聪的“问水之东”有内涵
解读着雕塑是一门古老而常新的艺术
给静空形象

泥土、玉石、石膏、水泥、树脂
到了方聪手里。时而
粗犷厚实
时而轮廓鲜明

24
纸浆博物馆的主人最喜欢干“画己”之事
他说，鸟儿在一首山歌里唱出相思

他说，城市像一根站枯的路灯
我在一些形式主义的夜光里找出自己
影子里，一半车水马龙
一半尔虞我诈

是方聪告诉我，家住乌当之后
离开寨子才一个夜晚
胃酸里总冒出干渴鱼儿的唇
和鸡蛋生鲜

尾声

古银杏树下的月光家常

银杏着色于秋意
浓烈助我晨跑布依山寨

乌当的月光从温泉里升起
晨雾，纱窗和鸡鸣犬吠
被炊烟裹挟
我奔跑的脚步有美景报信

——题记

1

没有观众的戏台终将铺满尘埃
要说告别时文字生出了更浓郁的思考
抨击那些肥过的文字

渐入冬日的声音与瘦软之骨
已选择与一潭胸前的砚池对坐
石缝里站起的各种嘈杂
等待着一株千年银杏解读
曾经有过的等待或质疑

2

银杏树上挂着的炊烟
是本心与文字的词意

飞鸟般的桀骜不驯与幻想
催我反省
如果文字不能生出爱
只记录无病呻吟或小我
就撕开一条缝
埋藏

3
这些均是我在深爱乌当之后
躲在银杏树下
一个人哭出声音时的思考

乌当漫山遍野的青冈籽是一部“植物学”
用途颇丰
但最大功效是让乡愁复活
所以，我的文字在这坛青冈籽酒里浸泡
我应允其无数次拍打我的脑壳

4
不言别是栖居秋色乌当时
任何一个小小民宿都可能让人野的文字表述
包括我与太阳比高

乌当月光里的美食太浪漫
让我无数次垫高脚
馋一抹窗外的云，于是
我学着在梦里备足折耳根
野葱和故事酒
细磨“八大碗”

加持“安家乌当”的执念

5

银杏着色于秋意
浓烈助我晨跑布依山寨

乌当的月光从温泉里升起
晨雾，纱窗和鸡鸣犬吠
被炊烟裹挟
我奔跑的脚步有美景报信
沐浴更衣的游子啊
你接住从月光里掉下的蛋挞了吗
那是妈妈种下的味道
薄荷，或狗肉香

6

在乌当穿过柿子树和垂柳依依
走遍所有通户通组小道
听见阳雀鸣叫出炊烟旋律
“今日立冬”
又是一年时光

我从乡愁花间那条窄窄的阡陌奔袭
家乡的柿子染红老屋和炊烟
马蹄声声急催我
于梦中接梦
也接住从月光里掉下的甜蜜

手里熟透的柿子软成一潭静水
我边吃边咒骂一个人的远方
“死鬼，今日冬至，我想家喽哇”

也有可能
喉咙痒疼的真相是
正享受着被柿子涩涩的骂
算幸福事儿

7
怀念百宜桃花开满山的时节
我走进村子邀桃花入座

百宜百姓也邀惊雷入座
大山已让出空位
院坝装下1935年的狂风暴雨

我提醒惊雷
入座时找到自己的座位
拍拍冬眠的蛇及其他
咱老百姓不允
为非作歹

8
幸福是乌当人沉浸于古银杏树下的月光
躬耕时的铿锵汇成一盆花朵
开在时光三月
像一个人在花期的两则冷静思考
“路漫漫其修远兮”
“路虽远，行则将至”

柳絮告诉我不是什么都能闻香
而家的方向
只需在门口站一站就软成一摊泥

9
安于乌当的家看不见钢花飞溅
却忆起曾经的热烈
芬芳成幸福与一座城的笔名

与小小我轻声说慢慢别

我低下去听见水乡
在童年的林荫小道
沉下去抚摸自己的汗珠

10
我人生醉得最美的醉是在天海美术馆
一场歌醉

美术馆像一杯玻璃
盖上冷静的朱砂
陪时光收缩，也聚光
说过的，说好的，承诺的
一杯玻璃，粒粒通透
透明了就输赢自认

那散发着另类香气的设计与美学
用笔尖的弹簧告诉大海
低得有多矮，心境就宽得有多阔
尽管无数不尽人意之画笔在画着天
贴进儿女情长

委屈终究要牙牙学语
生活也如叽叽喳喳的鸟鸣

我相信前行的每一天都会遇到太阳
与内心偶有的歌唱
从形体与抽象中醒来

然后，我告诉世界我的方位
“我在乌当的天海美术馆歌醉”
陶醉那醉

11

乌当是养心和养肺的氧吧
允被漏服一粒“爽心丸”
森林阳光里的偏方疗愈
方能长效

大山是所有飞禽走兽的良药
羊肠小道与野花催春
还有鸢尾花奔跑着开放的样子
均是一丹特效剂

偏方是拾起神农洒下的灵丹
不与阿谀奉承和解
拒绝风煽痛耳光
野草在乌当进出《本草纲目》
想家成药，无解

12
百宜，黄连，那些渡红军过河的船工
从夜晚的喉咙里拖出木板
竹筏，纤绳，铆钉，火把，扁担
闭紧牙根，力挺船工抵御高原的寒冷

1935 年的 4 月忘了变暖
冰凉的追兵与炮弹紧随其后
羊肠小道边没有鸭子和鸢尾花
船工的斧头与红军战士的拳头一道
入诗入史，铺成一座座小石桥
或小亭

13
家乡石桥下的那条血河
打开“红”的民风

民风姓善，是船工吞进肚里的牙齿
乡亲是船工，一个接一个的船工

“还我河山”的呐喊
在屋檐下写出无数传奇
写实红军在江边燃起的千堆篝火
用来诱敌，也用来祭奠

红色乌当的木板在浮桥上舞蹈
如一堂江上的舞蹈课
在那个寒冷的征途中呐喊
“正义必胜”

14
乌当是故乡最美的一贴书签
嵌童年里
何时取出来皆有鲜氧

乌当的银杏树一年四季都是湿漉漉的闹钟
陪我停宿一夜
鸟鸣
用清脆煮着春早

雨滴继续勤耕不辍
半夜叫醒我，催我赶路时
我闻见炊烟的骨香飘逸

15
乌当的故事是家事
先贤们常来常往
在梨树林里与月亮道别

家门口的银杏树下
月亮轻言
醉与不醉的支支吾吾
与夜深人静的行走皆无声响

花间一束野涵递过来的光亮
通衢道别

16
包容的乌当手里捧一部哲学书
尊重任何一只鸟儿的选择
倘使自己像一瓶走了味的酒
感到没劲，或四肢乏力

生活也在继续

除非认可一条路走丢
像一只无家可归的老鸹
不论多么逶迤与起落均为
黑，乌黑

17
乌当也休闲
一幅钓图诙谐

鱼什么时候把鱼竿拖走
分享我的文字
一边嚼碎鱼钩，一边对我嘲讽

鱼还义正辞严告诉我
卡夫卡和尼采对话
有对错？

是的，悦水者不争吵
我们来世间，就天马行空一钓者

18

家住乌当，生活的影子会做梦
梦里还是昨日送儿子返校时的影子
帅哥儿与美妈咪
与我煎熬的一锅油渣相遇
给生活撒上些许盐，入盐

19

也会在这生态的地盘遇见蛇
温泉泡过的月亮喜欢润月
仲春是一栋孤寂小埜和书屋
常常有一本书
陪一片蛙声从天黑到天明

家门口的两排麻雀早起
在窗棂外抢着电线
还有一条晒太阳的小猫
与心里的小兔子若隐若现

天干物燥的那些小动物也许太幸福
我失眠时
就在枕头下穿梭

不停地惊悚
夜晚与白天都不声不响
也不尖叫，或等着与我对话
我们赞美家乡
口若悬河

20
是的，家乡被爱得浓郁
新乌当的一二三产业走得稳健
实打实
作品一部接着一部

每一个乌当人都是一部作品的主人
挑战着罗兰巴特的那句话
“一部作品一经诞生，他的作者就已经死了”

这样的比喻很贴切
正是当七零八落的文字从歪歪斜斜
到新鲜出炉之后
“作者”这个执笔者的角色就消失了
取而代之的是读者
和我站立的文字对话

采风、创作始于 2023 年春节
初稿完成于 2023 年 7 月 16 日贵阳
一改完成于 2023 年 7 月 25 日北京、深圳
二改完成于 2023 年 8 月 6 日乌当区香纸沟
三改完成于 2023 年 8 月 13 日乌当区竹林村
四改完成于 2023 年 8 月 20 日乌当区盘龙山公园
五改完成于 2023 年 8 月 27 日乌当区渔洞峡
六改完成于 2023 年 9 月 3 日乌当区枫叶谷
七改完成于 2023 年 9 月 10 日乌当区百宜
八改完成于 2023 年 9 月 17 日乌当区水田
九改完成于 2023 年 9 月 22 日遵义市委党校
十改完成于 2023 年中秋节乌当区山也民宿
十一改完成于 2023 年国庆长假成都杜甫草堂
十二改完成于乌当区竹林村
十三改完成于遵义市沙滩村
定稿于 2023 年 10 月 26 日浙江大学华家池校区

诗评

乡愁里的乌当

——小语《家住乌当》读后

杨云龙[①]

诗人小语以书写主旋律长诗著称，可谓是身体力行诗文主旋律、言行正能量的新时代文艺家代表之一。读小语的诗歌，总感觉其格局也广，精神也壮。他那充满激情和力量的文字，不断给人以鼓舞和启迪，而他多年以来笔耕不辍、坚守诗歌情怀，则不断给人以榜样和鞭策。他以钻研、激情、本真的诗人素质和深邃、澎湃、醇厚的诗性语言创作过多篇大部头诗歌，比如首部工业长诗《没有退路是路》、首部交通长诗《大道出黔》等。十多年来，他

① 杨云龙，诗人，西藏自治区阿里地区作家协会主席，著有《阿里诗笔》、《朴释旧州》（合著）等。

的长诗创作技术早已炉火纯青，长诗影响也为业界钟声。书写《家住乌当》，他自然能够游刃有余地克服和突破缺乏个性的局限，挖掘和剖析“家在乌当”的深度意义，纵向和横向地展现乌当人勤恳奋发的精神面貌。

乡愁乌当里的活力

小语能够将文字的灵魂调动起来写成诗，能够把文字的队伍训练成长诗，这是他别具一格的创作技能。在《家住乌当》中，他在一首诗里用一个字就点睛、在一部长诗里用一句诗就点题的技巧已十分成熟。比如在《序诗·太阳挂出的乌当鲜活》中，“乌当把昨天和历史的水分拧干/给风紧了紧衣帽/解读一个朝代怎么姓了‘明’//曾经有过的明朝与迭代/繁荣，落魄，灭亡/并以一次次挫败启迪后人/‘朝名’即‘涨民心潮’/‘山潮水潮不如人潮’//那部长长历史的教材上还写着/‘水能载舟，亦能覆舟’”，既叩问了历史交替中的王朝兴衰，又回答了以人民为中心的发展理念在实践中的价值意义，不可谓不鲜活，不可谓不经典。又比如，《第一章·推门听山水与灵魂一步之遥》中，“偏坡每一粒花种都养活花墙/康养与中老年心扉遇见/滑到偏坡就变成无数百灵/对歌花香//山影争着来陪唱/松涛乐来伴舞”。这样的语言描绘有一种既视感，给人一种繁花似锦的自然景观和仁山智水的人文景象，极为生动地体现了乌当区生态环境之美实为人与自然的和谐共生之美。

乡愁乌当里的文化

乌当的历史文化很厚重，《家住乌当》的每一阕都深刻地体现出对传承文化的敬意，比如“水东”文化、新堡“屯”故事、“唐家顶子”、红色黄连村、“三线”建设等，既是对往事的追忆，也是对现实的谏言，引起读者深思。比如，在《第二章·我以故林旧渊煮风云往事》中，“谢谢明朝一脚刹车/把车停好/四个轮子都做出了逐我下车的眼神//还好，那晚有雷电和雨/让那些故事和风物完美保藏”。诗歌言辞犀利、观点鲜明，通过比喻、象征等手法，生动地描绘了人们对于历史的遗忘和忽视，以及作者对于明朝兴衰的反思。小语之前创作过“三线”主题长诗《热血》，对“三线”文化深有研究，在对乌当的“三线”历史挖掘中，他又一次挖到“三线”文化的宝藏，“他们告诉我/五六十年代的‘新添’是一个寨子/全意：‘乌当新增添的一个寨子’/那时的‘新天’更小，但神秘/是一个寨子里划出的信箱”。把历史中的事件和当时人们的心绪用了“云涧，雾涧，隐蔽，分散的‘三线’啊”，一句就体现了“三线”建设之不易、“三线”人群之孤独，也说明了新添寨的来源。他把文化里的乌当解读得很深很实，让每一个读者尽可能在《家住乌当》中找到“家”的坐标，既是一种善意，也是一种美德。

乡愁乌当里的印象

读长诗《家住乌当》，始终是在乡愁的印象里去寻觅藏于诗歌里的山水、星火和生活，每读一章便加深一次印象，每读一遍便心怀一种向往。能够坚守“闹中取静，静中取书，书中取思”的情操，才能在纷繁复杂的世界获得内心的宁静。比如在《第四章·谁在溪边客栈溯源五谷》中，就把读书和“家住乌当”这个全书主题紧扣在了一起，呈现出“阅读乌当，悦读诗书”的乐趣。其中，《山也，坡里小院的读书季》写道，“我窥见星星和萤火虫/肆无忌惮爬进我的书稿”，诗人运用细腻的描写和隐喻的手法，将自然景物同人的情感相融合，使诗作更具有亲和力和可读性。整部长诗以“乡愁”为基调，但小语保持了极大的克制，在写了2800多行“家住乌当”后，诗人才把胸中乡愁一吐为快，那一行行被乡愁浸润的诗歌始终温暖着纸间文字和人间心灵，比如《第五章·温泉，乡愁与逸情之隐》中，“野葱还在疯长/一把野葱在田埂上滤出乡音/那是明朝月光挤丢的银河/裹一层手搓糊辣椒/蘸乡愁，老香/还差折耳根//这些景致是从温泉里站起来的时光/

满足感正是人间烟火”。诗人用较多笔墨刻画生活细节，使诗中的情感更加丰富和具体，既表达了诗人对家乡味道的怀念，又体现了对人间烟火的珍惜。

小语是创作大背景、高难度、开风气的长诗先锋。在《家住乌当》这部长诗中，他更多地将“家”这个小小的生活单元作为乌当的感情因子融入乌当的事业发展中来，既体现了工作上的真情实意，又丰富了乌当文旅的内涵，更充实了活力乌当本土教材的文化内容，使得全书充满了文学的思想性和哲学的思辨性，也进一步用长诗诠释了乡愁文化的艺术价值。当然，这部长诗不仅续写了“舍不得乡愁离开胸膛”的下半篇文章，还拓写了地方文化的诗歌志书，是一部研究乌当的文艺佳作。

2023 年 11 月 24 日

读杨杰诗集《家住乌当》感言

李发模

诗人的诗意与乌当同乡，见之文字一见如故，乃情之所钟。

诗意是对一方水土与人文的摄影，是打磨时间的化石、添彩情感的色调、思想的图影。读该诗集，似入山静坐松下，听风声潇洒，或拄拐持虚，寻一方水土的魅力踪迹，且有寓意如清露沾衣。

该诗集的章回节奏，像弹指见门处，刹那开合里，诗行历历，无碍疑疑。但，还须拨些因果，不为所知所障，方可彰显昂抑有别。

亦即，一方山水与人文是“相”，作者之“知见”所构建的意象，也只直叙其“知见”而已。对于“真相”的抒情，切莫带“私货”，否则会破损

“原汁原味”，言简意赅也会出现“偏差”。我常对身边的一些诗友说：“诗歌的起步之处，是诗人代表人类牵着世界去找妈妈。一路上生理与心理的过程，一是安抚世界别哭，二是于修行中不断打听自己。亦即于公历一年予人的365天，公历的多余于阴历中的欠缺，到闰月里找，那是诗之思，情之付出。”

作诗也像做人，善管能力，多留空余，守中，少言亦贵。杨杰正向着这努力。他这诗集中有一些奇喻妙语，也有一些风吹浮云，我曾想增删，却又难于动刀剪。

为什么？他已整个儿血肉一体了！

2023年9月21日于遵义